COLLECTION FOLIO

Michel Déon
de l'Académie française

Bagages pour Vancouver

MES ARCHES DE NOÉ

**

La Table Ronde

Michel Déon est né à Paris en 1919. Il a fait une partie de ses études à Janson-de-Sailly et dans le Midi, et son droit à Paris. Après la guerre, le journalisme le conduit en Suisse, en Italie, en Espagne puis aux États-Unis, l'année où il publie son premier roman *Je ne veux jamais l'oublier* (1950). Tout en travaillant dans la presse et l'édition, il écrit *Les trompeuses, Espérances, Les gens de la nuit, Tout l'amour du monde* (récit de voyage). En 1959, il séjourne longuement au Portugal, puis en Grèce avec sa femme et ses enfants : il publie *Le Balcon de Spetsai* (1961), *Le rendez-vous de Patmos,* puis retourne au Portugal. Depuis 1969, il vit en Irlande, dans le comté de Galway. *Les poneys sauvages* lui a valu le prix Interallié en 1970, *Un taxi mauve* le Grand Prix du roman de l'Académie française en 1973. Ces deux romans ont été respectivement adaptés, l'un à la télévision par Robert Mazoyer, l'autre au cinéma par Yves Boisset. *Le jeune homme vert* (1975) a également été adapté à la télévision par Roger Pigault.

Michel Déon a publié le premier volume de *Mes arches de Noé* en 1978, avant d'entrer à l'Académie française.

I

Elle ne téléphonait jamais ou presque. On l'appelait du monde entier et une femme de chambre répondait avec une maladresse qui ne trompait pas : « Je vais voir si Mademoiselle est là. » Malgré la main sur le récepteur, on entendait vaguement un conciliabule, puis, de nouveau, la femme de chambre : « Mademoiselle vient de sortir. » Je le sais par d'autres, car, en vérité, cela ne m'arriva jamais. Si je téléphonais, presque aussitôt j'entendais sa voix : « Où êtes-vous ? » C'était toujours à Paris. Je n'aimais pas encore les appels à longue distance. Que ce fût elle qui ait composé mon numéro me parut un événement si fantastique que je crus à une plaisanterie ou à une catastrophe.

Je parle de Mademoiselle Chanel qui, après que j'eus un moment travaillé à essayer d'écrire ses mémoires, resta pour moi une amie. J'ai du chagrin rien qu'à écrire son nom, à évoquer son visage, à entendre sa voix cassée. Oui, ce soir-là, c'est elle qui appelait, et ce n'était pas n'importe quel soir : une veille de Noël, vers neuf heures, alors qu'ayant noué ma cravate noire, je m'apprêtais à sortir, à rejoindre des amis. Une amie devrais-je dire pour être plus exact, et qui porterait une robe prêtée, peut-être même donnée par Mademoiselle Chanel.

Il ne s'agissait ni d'une plaisanterie ni d'une catastrophe : Mademoiselle Chanel était seule et m'attendait pour dîner au grill du Ritz. Oubliait-elle la robe prêtée plus pour moi que pour l'amie en question, ou se la rappelant voulait-elle s'amuser de moi ? Aujourd'hui encore, j'aime à croire qu'elle avait oublié et que, dans un moment de panique, après avoir refusé mille invitations la veille de Noël, seule dans son appartement de la rue Cambon au-dessus de la boutique, après avoir libéré ses domestiques, elle se sentait si désemparée qu'elle ne pouvait absolument pas dîner à un guéridon mal éclairé d'une bougie, entourée de couples étrangers qui parleraient d'elle à voix basse avec un respect mal feutré.

Je la rejoignis rue Cambon où elle attendait en achevant une patience sur la table basse en Coromandel, encombrée de lions, son signe.

— Il ne fallait pas vous habiller, dit-elle. Personne ne s'habille plus. Seulement les Anglais... Et encore c'est la fin. Je ne donne pas dix ans pour qu'ils ne portent plus de smoking à dîner.

Je tus la fête qui m'attendait. Elle proposa une partie de gin-rummy et perdit quelques francs. Il était plus de dix heures quand nous traversâmes la rue pour gagner l'entrée du Ritz. Toutes les tables étaient occupées. Le maître d'hôtel désolé n'y pouvait rien.

— Je voudrais seulement une soupe et un quignon de pain, dit-elle.

Il parut abominablement choqué mais se refusa quand même à la servir dans le hall d'entrée.

— Alors qu'on me monte ça dans ma chambre! Et vous, Michel, que voulez-vous? Du caviar, du saumon, du champagne?

Elle connaissait mes faiblesses, mais j'optai pour la soupe (toujours l'idée de me garder pour mon dîner) et du champagne. Dans la chambre sur cour qu'elle habitait depuis vingt ans, on nous apporta une triste soupe, du pain et du dom Pérignon parce qu'il n'y avait pas de raison de se priver : c'était Noël. Elle m'expliqua que le réveillon ne pouvait être qu'une fête de famille, qu'il était scandaleux de voir des gens se gaver, boire et danser cette nuit-là. Dans son enfance, la nuit de Noël était sacrée. On restait à jeun jusqu'à la messe de minuit, puis on rentrait souper vers une heure. J'eus droit au récit détaillé d'un de ces réveillons familiaux, au souvenir d'une punition parce qu'elle avait taché sa robe de dentelles, à la fleur qu'elle portait dans ses cheveux et à la sévérité de ces fameuses tantes qu'elle s'était inventées parce qu'elle n'avait pas eu d'enfance, chose que je savais déjà depuis longtemps mais que, par une convention tacite, nous feignions d'oublier l'un et l'autre. Ai-je besoin de préciser — ses biographes l'ont fait — qu'elle parlait avec une volubilité que rien n'arrêtait.

— C'est pour vaincre ma timidité, avouait-elle, que j'ai pris le parti de ne céder la parole à personne.

Je n'eus donc pas plus la parole que les autres fois et me contentai de l'écouter avec cette fascination qu'exerçait sur moi une vieille dame de quarante ans mon aînée, qui avait tout vu, savait tout et racontait n'importe quoi avec une vertigineuse logique. Elle avait été une des reines du monde, elle ne savait pas quoi faire de son argent et, en rouvrant sa maison de couture, elle avait redonné à la mode un ton Chanel qui ridiculisait les autres couturiers.

Mais ce soir de réveillon, elle était devant moi, goûtant à sa soupe et mordant un quignon de pain comme lorsqu'elle était une orpheline pauvre confiée aux bonnes sœurs... Je lui tenais compagnie, je l'aidais à oublier cette enfance qu'elle avait enfouie sous des tas de mythes. Livrée à elle-même, elle aurait peut-être pleuré.

Un spectateur la sauvait. A la seconde bouteille de dom Pérignon (Mademoiselle Chanel ne m'aidait guère) j'étais résigné. Il y avait quelque part dans Paris une jolie jeune femme qu'elle avait habillée pour me plaire, qui ne m'attendait sans doute plus et dansait avec d'autres pendant que j'écoutais le débit intarissable de cette dame chapeautée, maquillée, couverte de bijoux somptueux, serrée dans un petit tailleur de tweed blanc troué aux coudes. J'entendais sa voix pardessus la table dressée dans la chambre anonyme du Ritz, et je ne savais plus si le dom Pérignon était la cause de ma somnolence.

— Réveillez-vous, dit-elle. Vous n'avez pas honte à votre âge ! Et allez vous amuser au lieu de rester avec une vieille bête comme moi.

Il était minuit. Je me retrouvai dans la rue Cambon où il a toujours soufflé en hiver un mauvais temps glacé qui serre les tempes dans un étau quand on a trop bu. La jolie robe ne m'attendait certainement plus. Je rentrai chez moi.

Je n'évoque pas cela pour préluder à du sensationnel sur la vie de Gabrielle Chanel. D'autres l'ont fait après sa mort, fouillant dans son passé qu'elle avait naïvement cru cacher, déterrant son enfance misérable, sa jeunesse douteuse, le début d'un règne facilité par de grandes fortunes. Je préfère de loin l'image qu'elle brodait avec volubilité pendant des heures, je ne dirais pas de conversation mais de monologue.

Puisqu'elle avait choisi de ressasser jusqu'à l'obsession cette vie rêvée plus poétique que sa difficile ascension, pourquoi l'en dépouiller ? Dans les livres publiés après sa disparition — et il y en eut une floraison comme si leurs auteurs avaient impatiemment attendu qu'elle se tût et s'effaçât pour leur laisser enfin la parole et rétablir la vérité, à eux ces justiciers, investis d'une mission suprême, alors qu'ils étaient surtout taraudés par l'idée de vendre leur salade aux États-Unis et n'auraient pas osé la contredire si elle s'était dressée devant eux — dans ces livres je n'ai jamais trouvé ce qui émouvait réellement en elle : un constant appel au féerique de l'existence, des élans charmants, une générosité d'une grande délicatesse quand on ne lui demandait rien, une intuition remarquable en musique, en poésie, au théâtre, et, bien sûr, dans la mode. Seule la peinture l'intéressait peu et elle l'avouait sans fausse honte, accusant sa mauvaise vue du maigre plaisir qu'elle prenait à un tableau. Rue Cambon, dans les trois pièces où s'entassaient négligemment des merveilles, je n'ai souvenir que d'un Dali, un épi de blé, bien peint certes, mais enfin... rien de délirant, peut-être ce que Dali a fait de plus classique, de moins dalinien. Et encore ce tableau n'était-il là que parce que

Gala Dali avait forcé la main de Coco, déposant elle-même cette toile, à laquelle, lors d'une exposition, celle-ci avait probablement feint de s'intéresser, par pure gentillesse car, en vérité, la peinture de Dali ne lui avait jamais plu, et si cet épi de blé attirait son attention, c'est qu'il ne s'appuyait pas sur une béquille et ne sortait pas d'un camembert coulant. La toile était restée sur le manteau de la cheminée, sans cadre, maintenue inclinée contre le miroir doré par le socle chinois d'un fascinant aérolithe. Gala n'avait pas oublié d'envoyer la facture après un laps de temps assez long pour que Coco, qui avait négligé de retourner à la galerie ce dépôt forcé, fût obligée de payer.

Involontairement, je suis passé de Mademoiselle Chanel à Gabrielle Chanel, puis à Coco. Je ne m'étais laissé aller à l'appeler ainsi qu'après qu'elle eut longuement insisté. Nous avons passé plus d'un an à mettre au point ces souvenirs qui l'effrayaient à mesure qu'ils prenaient forme. Autant il lui paraissait facile de s'inventer un passé tandis que nous parlions, autant la lecture, noir sur blanc, de ses bavardages souvent délirants — parfois même obsessionnels quand elle racontait son orageuse amitié avec Misia Sert — lui parut soudain impossible. Si elle ne respectait pas la parole, elle respectait l'écriture. Des hommes — très différents de ceux qu'elle avait connus à ses débuts — lui avaient appris à lire. Je pense notamment au dessinateur Paul Iribe et, plus encore, à Pierre Reverdy pour lequel elle aurait volontiers tout abandonné s'il n'avait été cet animal rétif, sourcilleux, susceptible, ramené à la foi après beaucoup de révoltes et enterré à demi vivant à l'ombre de Solesmes auprès d'une femme pour qui sa poésie n'était qu'encombrantes paperasses. Coco admirait Reverdy et sans doute n'a-t-elle admiré que lui, poète pauvre à l'accent de Narbonne, le contraire d'un homme du monde bien qu'il pût être d'une grande courtoisie, mal à l'aise dans le salon de la rue Cambon où je le rencontrai deux ou trois fois avant sa mort qui ne changea pas grand-chose à sa renommée car il s'était déjà enfoncé dans l'oubli depuis plusieurs années. A cette éblouissante maîtresse, si différente de lui, il avait appris la hauteur à laquelle se meut la poésie bien qu'il ne fût pas, je le crains, un poète toujours au diapason de ses ambitions, mais plutôt un pionnier, un combattant de l'absolu et même un intransigeant justicier qui se voulait le seul, l'unique découvreur de la poésie moderne, le spolié qu'on avait pillé, copié, effacé parce que la gloire d'Apollinaire les éclipsait tous, parce que le martyre de Max Jacob à Drancy avait rappelé aux exégètes que le fils du petit tailleur juif de Quimper, le moine laïque de Saint-Benoît-sur-Loire avait, le premier, conçu les « poèmes en prose » et mûri un art poétique dont les poètes de sa génération s'étaient inspirés.

Qu'elle admirât Reverdy par-dessus tout, on ne pouvait en douter. Sur sa table, pendant des années j'ai vu *Cravates de chanvre* dans une reliure indigne de cet exemplaire rarissime mais enluminé en marge d'aquarelles, de taches de couleurs, par Picasso en hommage à son ami poète. Cet exemplaire, Reverdy un jour de dèche l'avait vendu à Maurice Sachs qui l'avait aussitôt revendu à Chanel, volant ignoblement le poète pour la voler elle, ensuite. Elle ouvrait souvent *Cravates de chanvre*, lisait un poème ou me demandait de le lui lire. Évidemment nous voguions alors loin de ses mémoires. Si instable qu'ait été leur liaison, Reverdy avait inculqué à Coco Chanel une exigence sans pitié.

Quand un soir d'hiver, à Lausanne, arrivant de Paris par une route gelée, je lui remis le manuscrit né de ses monologues, elle eut un mouvement d'hésitation comme si elle éprouvait la crainte enfantine de passer du monde des rêves au monde éveillé. Nous avions cessé de jouer. Le lendemain elle ne m'en parla pas, mais Hervé Mille qui était avec nous me transmit la réponse qu'elle n'osait pas donner :

— Dans ces trois cents pages, elle dit qu'il n'y a pas une seule phrase qui ne soit d'elle, mais maintenant qu'elle voit ce livre tel qu'il est, elle pense que ce n'est pas ce que l'Amérique attend.

Le prétexte était bon, même si aucun de nous ne se dupait. Ces fabulations, étirées dans l'après-midi en un discours merveilleusement chevillé, tiraient trop sur le féerique bien que le livre fût aussi nourri de réflexions, maximes, apophtegmes qui jaillissaient naturellement de sa conversation et que j'avais notés au vol. Sans trop de conviction, j'essayai de retravailler des chapitres du manuscrit, mais à mon avis, c'était le défigurer. Tel quel il avait un ton, il transcendait la femme qu'elle était devenue sous le poids des ans. Raconter son ascension, sa réussite, sa tyrannie sur la mode puis le déclin momentané de ses oukases, la période délicate de l'Occupation, tout cela était un autre sport. Il aurait fallu fouiller dans ses tiroirs, interroger les rares survivants de sa jeunesse, retrouver en province des cousins qui conservaient des souvenirs de la famille Chanel, interroger son neveu en Suisse, ses petites-nièces en France, faire patiemment l'inventaire des agences de photo, de l'état civil. L'amitié, l'affection, le respect que je lui portais me l'interdisaient.

Nous fîmes encore semblant pendant six mois de travailler à ce livre mais elle ne demandait pas à le revoir, se doutant bien que j'avais abandonné l'espoir d'atteindre l'impossible perfection qu'elle souhaitait. Quand, par hasard, nous en parlions, elle me disait qu'au fond il fallait supprimer les anecdotes qui lui semblaient un rien racoleuses, mentionner à peine quelques noms, les seuls grands qui méritassent de passer à la postérité : Diaghilev, Picasso, Stravinski, Reverdy. Ce n'était certes pas ce que l'Amérique attendait mais elle n'en était pas à une contradiction près. La fiction du livre demeurait entre nous bien qu'en fait je fusse surtout occupé à écrire pendant mes heures tranquilles, le matin, le soir, un roman dont je pourrais encore reconnaître entre les pages ce qui est né au bord du lac de Garde, dans le grand palace désuet de Gardone, face à l'île Borghèse, à Roquebrune dans la belle maison de la Pausa, en Hollande dans un extravagant château de nouveau riche qu'on aurait cru conçu par Walt Disney, à Monte-Carlo où, en hiver, le soleil réchauffait les membres endoloris d'une société de vieillards richissimes qu'on retrouvait dès le printemps au Beau-Rivage à Lausanne-Ouchy. Si amollissante que fût l'atmosphère de Lausanne, j'aimais bien le Beau-Rivage dirigé alors par un Suisse allemand, M. Muller, d'une lourde gentillesse. Grande était sa stupéfaction quand il voyait arriver en premier ma voiture de sport décapotée, Coco assise à côté de moi, la tête voilée de gaze rose comme une automobiliste des années 1900. Derrière suivait la Cadillac conduite par un chauffeur en livrée, avec les deux femmes de chambre sur la banquette de peluche grise, l'une agrippant de ses mains rongées par les détergents la fameuse mallette à bijoux comme si elle apportait le saint sacrement aux sursitaires du Beau-Rivage. Il m'est souvent arrivé de calculer combien de voitures comme la mienne représentait le collier de perles de ma passagère qui s'ennuyait à mourir dans sa Cadillac avec ses domestiques. Deux ou trois cents, au bas mot, dont j'imaginais la procession sur la route entre Paris et la Côte d'Azur ou la Suisse. Sur le seuil du Beau-Rivage, M. Muller nous accueillait toujours avec la même phrase dont j'entends encore le rude accent germano-vaudois :

— Alors, Mademoiselle a bien joui en route?

Il n'y mettait, je le précise, aucune malice, croyant avoir trouvé une heureuse formule de bienvenue. J'espère que, jusqu'à l'heure de sa retraite, personne ne l'a tiré de son innocence. Le Beau-Rivage était un refuge si antédiluvien, habité par des troglodytes, qu'il en devenait passionnant. Les révolutions d'Amérique du Sud, la soviétisation rapide de l'Europe centrale et de l'Asie comblaient les vides dès qu'une épidémie de grippe libérait une dizaine de chambres. Dans le grand salon, des dames roumaines, grecques ou argentines jouaient aux cartes dans un nuage de fumée bleue. Des fortunes changeaient de main dans la soirée après dîner, mais comme la direction veillait à interdire les professionnels, le système fonctionnait en vase clos et tout le monde ressentait jusqu'à la léthargie ce sentiment de sécurité, je dirais même de surdité, permettant d'oublier au moins pendant quelques instants la mort qui approche à grands pas, qui va se saisir de ce vieillard exsangue dont les mains jaunes tiennent en tremblant un exemplaire du *Financial Times* ou du *Wall Street Journal*. Quand l'un de ces troglodytes mourait, on mettait quelque temps à s'en apercevoir. Je suppose que la direction dépêchait les croque-morts avant l'aube pour épargner à la clientèle un spectacle démoralisant — à partir d'un certain âge ne se croit-on pas immortel ? — ou même contagieux, tant un visage cireux et figé, enfin délivré des misères de l'arthrite ou de la métastase cancéreuse, inspire d'envie par sa sérénité retrouvée.

Dans cette ambiance, Mademoiselle Chanel contrastait par son énergie et sa santé. Son apparition à l'heure du déjeuner, après de longs préparatifs, était une entrée de théâtre. Si de la foule elle était oubliée, son image, son allure ravivaient les souvenirs de la clientèle du Beau-Rivage : ces douairières en robes de dentelle noire, les fanons de leur cou retenus par un rigide ruban de velours, s'étaient habillées chez elle, jupes au genou, trente ans plus tôt, et ces vieux messieurs claudiquant sur leurs cannes d'ébène avaient ouvert un compte pour leurs petites amies ou sortaient ses mannequins le soir après le défilé de la collection. Ainsi, quand elle traversait le hall et gagnait la terrasse du restaurant, un murmure l'accompagnait. Une fée passait et ils revivaient leur jeunesse du Deauville de 1910 aux dernières années de l'entre-deux-guerres... A une certaine distance, elle faisait bien illusion malgré ses soixante-dix ans dont, dans la conversation, elle retranchait négligemment une douzaine d'années, mensonge qui m'a toujours ému de sa part comme de la part de toutes les femmes que le cours du temps panique. Telle quelle, dans son tailleur de tweed blanc, son chemisier noir sur lequel étincelaient trois rangs de perles, coiffée de l'immuable canotier, elle restait l'incontestable souveraine de l'élégance de l'entre-deux-guerres. Il nous arrivait — rarement — d'être seuls et je n'oublie pas qu'un jour, consciente des regards qui l'épiaient, elle me dit :

— Ça doit vous gêner d'être en tête à tête avec moi ! Qu'est-ce qu'ils doivent penser, ces imbéciles, d'un homme de votre âge qui déjeune avec une vieille dame parée comme une châsse ? J'espère que le soir ils vous voient sortir avec une jolie fille !

Je la rassurai. Mais nous étions souvent plusieurs à déjeuner sur cette terrasse assez haute pour ignorer les quais d'Ouchy et n'offrir que la vue du Léman, ce miroir au tain effrité sur lequel glissent des silhouettes de vapeurs en carton et des voiliers gros comme des jouets d'enfants. Nous avions découvert un vin blanc de Neuchâtel, légèrement pétillant, un de ces parfaits vins suisses qui accompagnent tout, les fritures d'omble chevalier comme l'entrecôte montagné, le cantaloup et le parme. Un peu abasourdis, nous allions marcher dans la campagne vaudoise qui est si belle, si simple de teintes douces et fleurie autour des maisons paysannes. Nos pas nous portaient dans une forêt de hêtres et de chênes. Là, au cœur d'une clairière, se dresse le chalet des Bons-Enfants où l'on sert sur des tables rustiques, à l'ombre des grands arbres, des bols de lait et des parts de flan. Coco, bonne marcheuse, économe de son souffle, parlait moins quand nous grimpions par des sentiers de montagne jusqu'aux pins du Jura pour contempler à nos pieds les coteaux cuivrés des vignobles offerts au soleil jaune du printemps. Elle aimait vraiment la Suisse et pas seulement pour des raisons fiscales. Peut-être y aurait-elle fini ses jours si une envie viscérale ne l'avait poussée — après le constat que « son » livre était une gageure impossible — à prendre une revanche sur la mode trop pressée de l'oublier depuis qu'elle avait fermé sa maison en 1939. Son « retour » quinze ans après est dû en partie à l'échec de ce manuscrit. Puisque, avec le récit de sa vie, elle ne réussirait pas à reconquérir la place qu'on lui disputait, elle porterait le combat sur le terrain qu'elle connaissait le mieux : la haute couture. Il y avait là un dernier pari à gagner. Elle le gagna contre ses confrères, et surtout contre la presse qui fut atroce de mépris et de méchanceté. D'autres ont raconté sa première collection d'après-guerre, la froideur du public, les articles déjà à l'impression avant qu'on eût vu un seul modèle, la fuite des amis qui n'osaient pas l'affronter.

Je la voyais moins souvent à cette époque-là, mais je ne manquai pas cette première, assis sur les marches de l'escalier aux glaces en biseau qui décomposent l'ascension ou la descente du visiteur comme dans le tableau de Marcel Duchamp. Du salon où se déroulait la présentation, on ne pouvait la voir, mais les mannequins qui la savaient dans l'ombre levaient timidement les yeux vers elle, quêtant une approbation. C'était une bataille frivole... enfin c'était quand même une bataille contre le mauvais goût, la médisance et l'artifice. Malgré l'hostilité générale, elle la gagna : le lendemain du défilé, les Américains achetèrent sa collection et six mois après les femmes s'habillaient Chanel. On copia de nouveau ses chapeaux, ses tailleurs, ses bijoux, ses chaussures. Elle redevint en quelques semaines la reine de Paris, presque à son corps défendant, et d'ailleurs s'en moquant parce que la célébrité ne la grisait plus. J'ai rarement vu un être désirer autant la victoire et dédaigner autant ses fruits.

Méditait-elle déjà ce « retour » pendant le printemps 1953 à Lausanne ? Jamais elle ne m'en dit un mot et aucun de ses amis ne semble l'y avoir incitée. J'étais moi-même loin de penser qu'elle reprendrait un jour prochain son activité. Elle semblait vivre dans son passé et, au fond, c'est ce qu'inconsciemment je lui demandais : me raconter la petite histoire passionnante des années 20. Entré dans la guerre en 1939 je n'avais connu que la queue de cette époque fabuleuse, les dernières retombées, mais, même enfant, j'avais bien regardé, et quand elle citait un nom je pouvais dire : « oui, je l'ai aperçu », et cela notamment pour elle, un jour au Monte-Carlo-Beach où mon père me l'avait désignée, marchant en pyjama de soie au bord de la piscine, suivie du duc de Westminster fumant un énorme cigare :

— Regarde bien cette dame, c'est Mademoiselle Chanel, et derrière elle, ce gros homme en bras de chemise, avec son pantalon en tire-bouchon, sa vieille casquette de yachtman, c'est un des hommes les plus riches du monde et le cousin du roi George V.

J'avais vu, probablement en 1929, à une matinée de l'opéra de Monte-Carlo, une des dernières représentations des ballets de Serge de Diaghilev, *Sheherazade,* dans le décor et avec les costumes de Bakst. Serge Lifar y dansait et tout d'un coup je le retrouvais vingt ans après à la maison de Roquebrune, venant passer quelques jours avec Coco. J'aimai tout de suite l'homme, sa gaieté, sa drôlerie, sa bohème russe et cette impression qu'il donnait, bien qu'il n'eût pas cinquante ans, de traîner après soi toute l'histoire de la danse moderne. A moi, Coco disait :

— Vous avez entendu ? Il veut encore danser ! C'est trop cruel. Il était si beau quand il a succédé à Nijinski ! Maintenant il s'empâte. Il peut encore essayer *L'Après-midi d'un faune* dans la lumière bleue des projecteurs, mais rien d'autre. C'est le meilleur maître de ballet de l'Opéra. C'est son tour de faire danser les autres. J'aime Serge. Il m'a toujours fait rire, ce que beaucoup d'hommes ont oublié de faire. Quand il me voyait triste il arrivait avec plein d'histoires sur son enfance en Russie, ses parents. C'est un vrai Russe, voyez comme il boit son thé après avoir mis le morceau de sucre dans sa bouche.

A Lausanne, Paul Morand venait souvent de Vevey déjeuner ou dîner, apparaissant à la dernière minute, parti aussitôt après le dessert, parlant peu. Ils s'intimidaient l'un l'autre je crois. A la fin de la guerre, Morand s'était retrouvé en Suisse sans un sou. Invité par elle à Saint-Moritz, il avait le premier essayé de mettre en forme ce qu'elle racontait. Je n'ai pas reçu de confidence sur ces journées de travail en commun, mais il est probable que Morand se lassa, rejoignit Hélène à Territet et remisa dans un tiroir les feuillets écrits à Saint-Moritz. En 1976, il les retrouva et les réunit en un volume sous le titre *L'Allure de Chanel,* avec une éblouissante préface, mais laissant la parole à celle qu'il avait connue par Misia Sert en 1921. Le ton est un singulier compromis entre l'éclat du style morandien et la sourde insistance des histoires qu'elle racontait sur son enfance et son arrivée à Paris. Il avait été fidèle, trop fidèle, comme le fut plus tard Louise de Vilmorin dans le même exercice. Publiées après sa mort dans un magazine féminin, les pages de Louise n'ont ajouté de gloire ni à l'une ni à l'autre, mais j'y ai retrouvé les mêmes histoires d'enfance et souvent les mêmes jugements secs, sans appel. Morand est certainement celui de nous trois qui aurait pu écrire le meilleur livre, non pas de Chanel, mais sur elle. Il savait tout ce que le riche entre-deux-guerres devait à la reine de la rue Cambon. De son œil implacable, il avait suivi la foudroyante métamorphose de la petite provinciale, noté avec amusement comment elle avait vaincu la timidité qui la paralysait à ses débuts dans le cirque de la vie parisienne, pour devenir cet ouragan de paroles et la fée qui avait permis à Diaghilev de survivre, à Cocteau de ne pas sombrer dans l'abjection de la drogue, aux compositeurs d'être joués, aux poètes d'être édités. Morand a pu regretter qu'elle fût vraie. La vie lui volait une héroïne qu'il aurait sûrement aimé inventer pour la placer dans son panthéon, à côté d'Irène Apostolatos dont elle avait à la fois la pudeur, le sens des affaires et la brutalité aussi soudaine, aussi inattendue que ses élans du cœur. Mais Chanel était née avant lui, elle avait foncé dans la vie avant qu'il ait écrit *Tendres Stocks* et *Lewis et Irène,* et elle ne se laissait pas rattraper. Il a bien vu ce qu'elle représentait : le triomphe d'une nouvelle société sur celle de la première avant-guerre. En libérant les femmes de leurs corsets, elle avait modifié non seulement leur physique mais aussi leur intelligence, leur goût de vivre. Dans la préface de *L'Allure de Chanel,* Morand a écrit :

« 1900 ne recevait pas ses "fournisseurs", fussent-ils M. Doucet ou Mme Lanvin ; Chanel fut non seulement reçue dès 1925, mais abaissa ses hôtes, paya les notes d'hôtel des Grands Ducs, transformant les Altesses en femmes de ménage ; cette vengeance allait jusqu'aux objets, humiliant la zibeline cachée en doublure d'imperméable, scalpant les chevelures... Son refus d'épouser Westminster fut peut-être une façon imprévue d'effacer Trafalgar et Waterloo. Son paupérisme rageur se plaisait à dévaluer jusqu'aux pierres précieuses, les muant en pierres communes, lui faisait prêter pour un bal ses colliers de saphirs à des filles pauvres (qu'elle accusait ensuite de l'avoir volée). »

C'est vrai que, par son aplomb, elle renversa une situation sociale étouffante. Elle fit valser les millions sous le nez d'une aristocratie et d'une bourgeoisie médusées, montrant que l'argent est pardonné aux riches s'ils ont la bonne grâce de s'entourer d'artistes et d'œuvres d'art, le reste étant futilité, étalage de suffisances, faux sentiments et vanité. Elle entrait en colère quand elle lisait dans un journal ou un livre que des couturiers parlaient de leur métier comme d'un art :

— Voilà, disait-elle, les fournisseurs qui se prennent pour des artistes. C'est bouffon ! L'art ne peut rien pour la mode. Si la mode sert parfois l'art, c'est assez pour la gloire de la mode.

Morand ne sut probablement jamais qu'un jour il avait choqué cette femme pudique. Elle donnait dans son hôtel particulier du faubourg Saint-Honoré un des bals costumés dont elle disait : « On s'y est amusé. Je ne peux pas en dire autant de moi ! » A ce bal, où elle s'était déguisée en Gilles de Watteau, Morand était arrivé en habit, d'une correction parfaite que déparait seulement un pan de chemise sortant de sa braguette. Chanel avait mal apprécié la plaisanterie. Elle me la raconta deux ou trois fois et je n'ai pas eu trop de scrupules à utiliser l'anecdote au profit de Stanislas Beren dans *Un déjeuner de soleil.*

En me promenant au bord du lac Léman je rencontrai un matin Henri Mondor en costume croisé gris, chapeau à bords roulés, nœud papillon et guêtres beiges, la même élégance que

Chardonne dont il était le contemporain, ce qui leur donnerait à eux deux à peu près cent ans aujourd'hui, comme à Chanel. Nous prîmes ainsi l'habitude de marcher une heure dans les jardins d'Ouchy. Modeste, discret, connaissant le monde mais ne l'ayant goûté qu'avec retenue, véritablement habité par les poètes et surtout par Mallarmé auquel il avait consacré les heures de sa vie qu'il ne donnait pas à la médecine, il était pour moi une de ces sources d'informations dans lesquelles j'ai plus puisé que dans les livres pour connaître le début du siècle. Seul à Lausanne, ne voyant personne, en convalescence, il lisait ou dessinait à la mine de plomb des roses qu'il offrait aux dames de son goût. On disait qu'auprès de ses patientes, il était une terreur, aimant le « vite et bien » sans lendemain. Ces jours-là semblaient passés.

Nous ne parlions pas de dames, mais de Valéry, de Mallarmé et aussi beaucoup de la chirurgie qu'il se voyait contraint, à soixante-dix ans, d'abandonner et je sentais bien que cette retraite forcée blessait à l'âme un homme qui avait eu pendant près d'un demi-siècle la main si sûre. J'aimais sa curieuse tête de chouette déplumée, son accent rocailleux qui donnait à la langue française un relief et une saveur qu'on lui connaît de moins en moins aujourd'hui. Quand je dis à Coco que je me promenais le matin avec Henri Mondor, elle me demanda de l'amener à déjeuner. Ils avaient dû se connaître avant la guerre, mais brièvement, assez cependant pour qu'elle n'oubliât pas qu'il était auvergnat. Comme elle. Ou du moins, comme elle prétendait l'être, ce qui n'aurait rien eu d'impossible ni de si extraordinaire, mais était faux comme on l'a su après sa mort. Avec un rien d'insistance, le faux n'a pas de mal à devenir vrai. Elle avait fini par se croire auvergnate alors qu'elle était d'origine cévenole et née, par le hasard des choses, à Saumur. Avais-je eu la naïveté de dire à Mondor qu'ils parleraient de l'Auvergne ? Toujours est-il qu'à peine assis, il lui demanda si elle connaissait Saint-Cernin, le bourg où il était né au cœur du Cantal. Comme elle n'y avait jamais mis les pieds, elle changea brusquement la conversation et, inconsciemment vexée de se sentir prise au piège bien que Mondor fût à cent lieues d'avoir mis en doute sa bonne foi et de croire qu'elle s'inventait une Auvergne mythique, elle attaqua soudain la mémoire de Mallarmé avec une violence verbale inouïe. A l'entendre, ce n'était rien qu'un poète de vingt sous, obscur et précieux, qui empruntait à tous, écrivait une prose alambiquée, preuve de ses mauvaises mœurs, et touchait des pourboires pour scribouiller des âneries sur la mode. Pour que la mesure fût pleine, Coco enchaîna sur Valéry, autre passion de Mondor et son grand ami auquel il avait succédé à l'Académie française : d'après elle,

Valéry n'avait pas eu son pareil pour exprimer des platitudes avec des airs sentencieux et pour composer des poèmes à l'aide d'une machine à calculer les syllabes. D'ailleurs il était franc-maçon, sans cela la IIIe République ne lui aurait jamais demandé de composer pour les frises du palais de Chaillot un chapelet de lieux communs.

Tout ce discours passa comme un ouragan avant même que nous ayons attaqué la suite des hors-d'œuvre. Ç'aurait été presque comique à force d'exagération et, si Mondor l'avait pris en riant ou en se fâchant, elle se serait peut-être tue. Mais le visage poupin de Mondor, d'ordinaire rose pâle, vira au gris, et il baissa la tête accablé par cette attaque inattendue contre ses dieux : Valéry et Mallarmé. Certes Coco avait été assez incohérente dans sa brutale sortie pour qu'on ne la prît pas au sérieux, mais elle pouvait aussi être diabolique dans ces cas-là, et deux ou trois détails exacts montraient que Reverdy était passé par là, en violente réaction contre Mallarmé auquel il reprochait à la fois d'avoir la même conception que lui du poème-objet et de s'être effacé derrière l'incantation des mots. Que Chanel n'usât pas exactement des arguments de Reverdy, on s'en doute et d'ailleurs l'outrance de la condamnation ne permettait guère de nuancer le propos, mais à son excès même on mesurait l'emprise exercée sur elle par le poète pendant leur orageuse liaison.

Comprit-elle qu'elle était allée trop loin ? Soudain, elle s'arrêta et passa à un autre sujet, sans parvenir à ranimer un déjeuner désastreux. Elle avait blessé un homme fervent qui se reprochait de n'avoir, par courtoisie, pas quitté la table. J'en souffris pour lui et me promis de lui expliquer le lendemain, lors de notre promenade matinale, qu'il devait considérer cette diatribe insensée comme la manifestation d'un caractère qui, avec l'âge, s'abandonnait au délire verbal par peur du silence et du vide. Il fallait non pas tourner le dos à Coco mais, au contraire, l'aider à effacer ce qui l'avait tant aigrie qu'elle en étouffait : la découverte qu'entre le monde imaginaire où elle se réfugiait et le monde cruel qui l'avait blessée dans ses amours et sa réussite, le fossé restait infranchissable. Comme beaucoup d'êtres possédés par la passion du travail, l'oisiveté l'affolait. Je ne prétends pas que tout alla mieux quand elle rouvrit sa maison de couture, cependant il y eut un répit, moins d'absolutisme, des victimes encore mais les poètes furent épargnés et, dans les années qui suivirent, si je passais dîner rue Cambon avec elle, je la trouvais dans le grand salon du premier étage, assise sur une chaise dorée, armée de ses ciseaux, travaillant une robe ou un tailleur à même un mannequin qui se voyait peu à peu dépouillé de tout et repartait à demi nu drapé dans des bâtis. A ce moment-là le visage de Coco s'éclairait de plaisir et de malice. Dans le travail, elle retrouvait la paix.

Le lendemain de l'holocauste Valéry-Mallarmé, je ne vis pas le professeur Mondor à l'endroit où nous nous rencontrions d'habitude. J'aurais dû lui écrire, déposer un mot à son hôtel, essayer de le revoir, mais le sentiment de l'avoir, malgré moi, attiré dans un traquenard me fit hésiter trop longtemps et il est mort quelques années après. Je ne peux penser à lui sans me souvenir de ce pénible déjeuner qui l'avait blessé dans ce qu'il avait de plus cher et ne raconte cela que pour montrer combien cette femme qui n'eut jamais pour moi que compréhension, indulgence et générosité, pouvait soudain, pour des raisons déraisonnables, changer de visage et piétiner avec une violence verbale inouïe un inconnu ou un ami et l'acquitter le lendemain. Beaucoup ne lui pardonnèrent pas, mais ceux qui savaient les causes profondes, caractérielles de son désarroi se répétaient, comme elle disait souvent, qu'on aime une femme plus en raison de ses défauts qu'en raison de ses qualités.

Je ne suis pas très loin de l'avoir regardée comme le monument symbolique des deux décennies — de 1919 à 1939 — dont la richesse d'invention et la qualité apparaissent, avec un recul de quarante ans, si extraordinaires qu'on hésite à y croire. Cette époque avait vu le roman, la peinture, la poésie, la musique, le cinéma, le théâtre faire voler en éclats les mots, les formes, les sons, les couleurs. L'art avait débouché sur une place nette, déserte, si ouverte à ses essais qu'il en était resté ébloui, hésitant à croire à sa liberté, à la mort du pompiérisme, à l'ouverture des musées, à l'intérêt passionné du public. La pléiade d'artistes et d'écrivains dont l'œuvre dominera ce XXe siècle avait eu la chance de rencontrer des amateurs enthousiastes, des éditeurs, des galeries et des mécènes qui rendirent tout possible. Coco Chanel avait été l'un de ces mécènes, et non le moindre, bien qu'elle restât sur ce point d'une discrétion parfaite, mais, à la France exsangue de 1919, elle avait su apporter ce qui, sans effacer la guerre, aidait le mieux à l'oublier : des jeux. Elle avait allumé des feux d'artifice, participant à cette création enivrée, et mieux que des généticiens, elle avait imposé au corps de la femme des mutations éclatantes, brisant les contraintes et les servitudes inhumaines qui étranglaient les tailles, ballonnaient les seins, gonflaient les chevilles, marbraient les cuisses. Oui, elle avait permis aux femmes d'être maigres, de couper leur cheveux, de montrer leurs jambes en descendant de voiture, de bronzer sur la plage ou le pont d'un bateau, d'afficher leurs amants comme les hommes affichaient leurs maîtresses sans qu'on y vît rien de scandaleux.

Le soir de Noël où je la quittai et rentrai chez moi par la rue de Rivoli, le Pont-Royal et le boulevard Saint-Germain, je ne regrettais pas le réveillon manqué. J'aurais juste aimé un peu de neige, quelque chose qui fît croire que cette soirée passée à écouter le monologue d'une vieille dame pathétique ressemblait à un conte de Noël, mais il faisait simplement froid. Dans les rues perpendiculaires à la Seine le vent griffait les joues et quand j'arrivai devant Saint-Sulpice la désolation de la place m'agressa brusquement. On ne l'avait pas encore restaurée, grattée, replantée, et, à la lumière pauvre des réverbères, elle me parut, plus que chaque jour où je la traversais en diagonale, sans reliefs, grise, presque noire jusqu'à la minute où soudain le parvis de l'église s'éclaira. Les suisses ouvraient les portes et les accents triomphants de l'orgue déferlèrent sur la place. Bach annonçait la naissance du Christ à la nuit de Paris. Sur les marches, les fidèles se bousculaient. Surpris par le froid, ils se recoiffaient, relevaient le col des manteaux, enfonçaient jusqu'aux oreilles les bonnets de loutre, pressés de retrouver leur dîner réchauffé. L'émotion ne tenait pas seulement à la ferveur de ces croyants auxquels le prêtre venait de raconter une belle histoire mais aussi à l'idée qu'à la même minute les églises de France ouvraient leurs portes à la nuit après avoir imprimé le message divin dans les cœurs.

Même pratiquant peu, ou bien mal, ou pas du tout, je ressentis comme une bouffée de chaleur, le sentiment réconfortant d'appartenir à cette communauté chrétienne qui, dans le monde entier, fêtait la naissance de l'envoyé de Dieu. J'avais reçu l'empreinte dans mon enfance et rien ne l'effacerait. J'étais aussi l'un d'eux, fidèle infidèle, en marge parce qu'il me semblait que l'exercice de la foi restait incompatible avec l'assez joyeux amoralisme de ma vie et ma grande avidité de plaisirs. Je voyais autour de moi des chrétiens prier, se confesser, communier et retomber le lendemain dans l'erreur avec une ardeur telle qu'il devenait évident que, pour eux, le péché prenait son prix dans le remords qui le suivait, la confession qui l'absolvait. Cette dualité échappait, échappe encore à mon entendement, à l'idée naïve d'une adhésion à la Vérité révélée. Si la religion catholique est le moyen facile de se débarrasser, au prix d'un superficiel acte de contrition, du sentiment de culpabilité qui guette chaque homme dès qu'il agit, alors il faut en chercher une autre, plus rigoureuse, plus exigeante ou bien se tenir à distance d'une église qui accepte les compromis et n'exige plus des fidèles qu'ils harmonisent leur vie et leur credo. Ce sont peut-être là des pensées courtes, mais je ne prétends pas à l'originalité ni à la profondeur dans ce domaine, et garde au fond du cœur le sentiment naïf que le « conformons nos actes à nos paroles » est une sainte règle pour vivre en paix avec soi-même et avec les autres. Je ne suis pas certain non plus que la communauté chrétienne de l'après-guerre ressemble à celle à laquelle j'ai adhéré avec tant de ferveur dans mon enfance jusqu'au jour où je m'en suis brutalement détaché parce que mon père était mort, que je l'aimais et que sa disparition me frappait comme la plus cruelle des injustices. A la dernière messe à laquelle j'avais assisté, à Saint-Sulpice même, le prêtre avait commencé son sermon par un « Mesdames, Messieurs... », qui m'avait à ce point révolté que j'étais ostensiblement sorti par la travée principale, outré de cette formule anonyme si éloignée de la tendresse de : « Mes chers frères, mes chères sœurs... »

La foule se dispersait sur la place, tapant du pied pour se réchauffer. Les enfants couraient vers les voitures, claquaient les portières, criaient, s'interpellaient. Pour eux commençait la grande attente jusqu'au petit matin. Noël est aussi une fête païenne. L'orgue se tut, les portes de Saint-Sulpice se fermèrent et la place retrouva sa couleur nocturne trouée par la lanterne bleue du poste de police à l'angle de la rue Bonaparte et de la rue Mézières.

L'appartement que j'ai occupé plus de vingt ans rue Férou donnait sur la cour intérieure de l'ancien hôtel La Bourdonné. C'est peut-être l'endroit le plus silencieux de Paris, adossé à l'hôtel des Finances, ancien séminaire de Talleyrand qui en sauta plus d'une fois le mur pour courir la gueuse. Dans la cour, un robinier faux acacia vit là depuis un bon siècle si ce n'est deux. Coupé, taillé jusqu'à n'être plus qu'un moignon, il est reparti plusieurs fois sous mes yeux, poussant ses branches et ses feuilles jusqu'aux fenêtres de l'étage domestique et de l'étage noble, dévoré de curiosité, frappant aux vitres. Là, dans un bureau minuscule, bas de plafond, bourré de livres, de petits tableaux, et de soldats de plomb sous vitrine, j'ai beaucoup écrit et lu.

A un Noël solitaire, il fallait un roman qui me clouerait dans un fauteuil, envahirait la pièce où je me tenais, emplirait la nuit de ses rumeurs, de ses démesures, de ses odeurs, un roman à perdre haleine dans lequel des personnages m'inviteraient à boire, manger avec eux, rire, pleurer, m'angoisser, à cacher mon visage dans les longs cheveux dénoués de l'héroïne. Sur l'étagère attendait l'édition de 1951 du *Hussard sur le toit*. La *Revue de la Table Ronde* en avait publié des extraits salués comme la révélation d'un nouveau Giono, ce qui est une erreur car, en vérité, le Giono des années 50 écrit comme le Giono des années 30. Seuls les personnages ont changé et l'action l'emporte sur la contemplation, mais le style est le même, à peine plus sec et courant au fait. Pourquoi, enthousiasmé par les extraits publiés en revue, n'avais-je pas ouvert le roman à sa parution? Depuis quatre ans, le *Hussard* m'attendait. Il faut accuser les lectures qui se superposent, le livre neuf qui recouvre celui de la veille, des recherches, un coup de passion pour un auteur ou une époque, mille dispersions qui font courir au plus pressé alors que le plus pressé est précisément ce qui pourrait attendre. Je connaissais donc cent pages admirables du *Hussard sur le toit,* et je n'avais plus pensé qu'il devait y en avoir encore deux cents tout aussi admirables dans l'édition complète. En fait, je ne pouvais rêver de meilleur moment pour lire : une absence totale de sommeil et le sentiment agréable d'avoir à traverser seul la nuit. Je plongeai dans Giono.

Quand — aux dernières lignes — monté sur le cheval qu'il vient d'acheter au château de Théus, Angelo galope vers les montagnes roses et se dit : « L'Italie est là, derrière », et que Giono ajoute : « Il était au comble du bonheur », j'eus envie de crier : « Moi aussi ! »

Je tirai les rideaux : il faisait jour et la neige recouvrait les gros pavés inégaux de la cour. Des flocons voletaient encore dans l'air gris quand la porte vitrée du porche s'ouvrit : coiffé d'un béret basque, une écharpe autour du cou, son Leica à la main, apparut Man Ray sortant du studio qu'il habitait dans le même immeuble. Il venait photographier, accotée au mur de la cour, une antique bicyclette noire et rouillée, coiffée de neige sur la selle, le guidon et les garde-boue, et parce qu'il la saisissait ainsi dans son abandon, son dénuement de vieille machine oubliée sous les intempéries, la bicyclette se métamorphosa aussitôt en une inexplicable provocation comme Man Ray et ses amis surréalistes en avaient tant réussi à leur belle époque. Sans la présence de ce petit homme à l'air insignifiant mais au regard perçant, l'étrange beauté hautaine et squelettique de la bicyclette m'aurait échappé. Man Ray s'accroupit, se redressa, cadra une première fois, chercha une meilleure position, piétinant la neige de la cour, et c'est seulement au bout de cinq minutes qu'il appuya sur le déclencheur, prenant *un* cliché et non vingt comme l'aurait fait n'importe quel photographe. J'étais sur le pas de la porte quand il m'aperçut et me fit un signe de la main.

— Bien amusé ? me dit-il en anglais.

— Oh oui, très bien !

Il s'éloigna, sautillant dans la neige et disparut par la porte vitrée. J'étais resté en smoking depuis mon retour et les deux êtres avec lesquels j'avais passé une nuit si intense, si fertile en événements, Angelo Pardi et Pauline Théus, devaient s'en étonner. Si je pouvais compter sur l'indulgence de Pauline, il fallait en revanche se méfier d'Angelo qui avait tendance à juger les gens sur leur mine. La question de Man Ray s'expliquait : il me croyait revenu à l'aube d'une fête alors que j'arrivais droit de Haute-Provence après avoir gravi des montagnes, évité des cordons de troupe, soigné des cholériques et, à l'aube, rencontré l'amour dans les dernières pages. Nous n'allions pas nous quitter comme ça... parce que Giono en avait ainsi décidé. Je voulais suivre Pauline et Angelo, en savoir plus sur leurs retrouvailles parce qu'enfin me semblait un rien désinvolte la façon dont l'auteur dérobait son héros, le gardait pour lui, pour plus tard, alors que ce personnage m'appartenait aussi. Encore heureux qu'il ne l'ait pas tué comme tant de romanciers aiment faire pour terminer un livre qui les embarrasse. Oui, j'avais plein de questions à poser à Angelo et à Pauline, et je leur préparai un thé comme ils s'en étaient tant fait pendant leur randonnée, prenant soin que l'eau eût bouilli pour éliminer les risques de contagion du choléra. Malheureusement, je ne possédais pas de farine de maïs pour cuire une polenta bien que ce soit le plus simple des plats italiens, mais mon livre de cuisine disait : « On ne peut indiquer exactement la quantité d'eau. Celle-ci est plus ou moins bien absorbée suivant les variétés de farine de maïs. » Il suffit, hélas ! d'une imprécision pareille pour me troubler jusqu'à la paralysie, et j'espérai que mes nouveaux amis en avaient assez de se nourrir de polenta depuis des semaines qu'ils traînaient par monts et par vaux. Ce que je désirais, c'était encore entendre la voix d'Angelo à leur première rencontre quand la jeune femme était apparue sur le seuil de sa chambre au premier étage de sa maison de Manosque, tenant un chandelier à trois branches et découvrant, descendu du grenier après son errance sur les toits, un homme en chaussettes, sale, hâve, hirsute, affamé :

— Je suis un gentilhomme !

— Je crois que c'est exactement ce qu'il fallait dire ! avait-elle répondu.

Je leur faisais jouer et rejouer la scène tant elle me paraissait belle, digne de leurs nobles âmes, une des plus belles de la littérature française : la fierté candide d'Angelo et le sang-froid de Pauline face à face. On voit ce qu'un auteur plus content de soi aurait tiré de cette rencontre, l'annonce appuyée d'un coup de foudre (et c'en est un !), les répliques équivoques. Mais tout restait à une belle hauteur, et Pauline, dans Manosque et cette maison cernés par la mort, conservait, à côté de son réchaud, deux pistolets chargés. Jusque-là rien ne laissait penser que ces deux êtres avaient pu éprouver l'un pour l'autre un sentiment quelconque. A leur seconde rencontre quelques jours plus tard, ils s'étaient à peine reconnus. Ou avaient-ils feint de ne pas se reconnaître ? Le doute subsistait et j'aurais aimé le leur demander, par exemple leur dire :

— N'êtes-vous pas deux comédiens ? Vous savez bien que vous vous êtes aimés au premier regard ! Vous n'êtes pas innocents à ce point...

Pauline, vous êtes mariée à un homme beaucoup plus âgé que vous. Vous l'aimez et le respectez. Angelo, je n'ai pas besoin de connaître votre passé pour deviner que vous vous êtes déjà amusé dans la vie. Vous avez le même âge que Pauline de Théus. Il est impossible que vous ayez porté sur cette femme un regard indifférent, même si elle ne vous a pas provoqué.

J'en étais certain, bien que Giono n'eût rien dit, trop pressé de les pousser devant lui, dans la garrigue et les Alpes de Haute-Provence. Une seule chose me chiffonnait : le « petit visage en fer de lance encadré de lourds cheveux bruns » de Pauline. Cette description ne correspondait pas à la jeune femme que j'imaginais. Que voulait dire ce « fer de lance » : un crâne pointu, un menton brutal et un cou de la minceur d'une hampe ? Non, Pauline devait être l'harmonie même. Pourtant, à bien y réfléchir, il y avait dans tout ce qu'elle faisait ensuite un côté sec et décidé, une façon de se garder qui interdisait les familiarités, une autorité, une présence d'esprit mal accordés à une beauté trop parfaite. Enfin, que voulaient dire ces « cheveux bruns » ? Brun n'est ni noir ni châtain. J'aurais aimé une remarque sur sa tresse qu'Angelo avait dû épier, à moins que Pauline ait rassemblé ses cheveux en chignon le matin et réussi à les garder relevés dans la journée. Un mot le suggérait : à leur deuxième rencontre devant le barrage des miliciens, Angelo avait remarqué sa « nuque très blanche », peut-être parce que Pauline venait de passer deux ou trois semaines à Manosque, enfermée dans la maison de ses tantes, tous volets clos. Quelques jours plus tard la nuque ne devait pas être aussi blanche, et j'aime croire que la jeune femme, après sa randonnée en plein soleil, dans la pluie, le froid des nuits de montagne et la fournaise de l'après-midi, avait plus l'air d'un pruneau cuit que d'un ange préraphaélite. S'il y avait dans le roman ces précisions sur le visage de Pauline, et même sur son habillement — « une jupe verte, courte et ronde, un feutre Louis XI jaune soufre, des bottes » — en revanche, le physique d'Angelo était laissé ad libitum. A peine y avait-il à un moment une allusion à des cheveux noirs et bouclés. Le lecteur devinait, à sa façon de parler, de la prestance, une autorité sans hauteur mais sûre d'obtenir ce qu'elle voulait, et il en inférait qu'Angelo était beau et, comme on dit dans les vieux romans, d'un physique avenant. Silence sur la couleur de ses yeux et la qualité de son sourire, et à peine une indication sur un accent piémontais qui est une invraisemblance car on ne voit pas comment les Provençaux distingueraient un accent piémontais, toscan ou romain chez un étranger parlant aussi bien le français, avec, il est vrai, quelques tournures maladroites parfois, quand l'embarras le prend, qu'il est ému parce que la fermière a de « fort gros seins très hâlés » et qu'il lui dit avec une maladresse dont il se rend compte aussitôt : « Pardon, madame, ne pourriez-vous pas me donner un peu de café, en payant ? » J'étais donc libre de prêter à Angelo l'allure et le visage qui convenaient le mieux à un personnage en perpétuel mouvement. Si, comme le fait parfois la police, on m'avait confronté à une douzaine d'hommes parmi lesquels un seul pouvait être Angelo, j'aurais écarté a priori ceux qui n'avaient pas sa taille, son allonge (c'est un sabreur de génie), son aisance, la franchise de son regard. Et s'il était resté deux ou trois suspects, j'aurais demandé à voir leurs mains : l'index et le majeur droits d'Angelo sont sûrement jaunes de nicotine. Pendant trois cents pages, il fume des petits cigares et ne supporte pas l'idée d'en manquer. Il se passerait de manger, presque de boire, mais de fumer, non ! Pour Giono — lui-même bon fumeur de pipe — la passion d'Angelo pour ses petits cigares est un trait qu'il répète sans se lasser. Dès qu'Angelo bouge, des effluves de tabac nous assaillent et, presque aussi intoxiqués que lui, nous paniquons quand il reste à peine deux cigares et qu'il faut en trouver à tout prix, c'est-à-dire à prix d'or. Ce détail donnait une consistance particulière au héros, comme Maigret qui est inconcevable sans sa pipe et son paquet de gris. Ainsi sommes-nous souvent gênés quand un romancier se croit obligé de décrire les visages de ses personnages, chaque lecteur s'en faisant une idée propre différente de celle de l'auteur, et au contraire bien plus rassurés quand il insiste sur une manie de leur comportement.

Il restait donc ce matin de Noël à offrir à mes visiteurs de la nuit du thé, des petits cigares, et à parler avec eux. Je brûlais de savoir ce qui s'était passé les derniers jours de leur aventure. Que leur amour réciproque fût vraiment resté au secret d'eux-mêmes je n'en doutais pas, bien qu'il me semblât impossible qu'ils aient pu s'en cacher mutuellement les signes.

— Vous oubliez, me dit Angelo, que Pauline est mariée, qu'en lui offrant de l'accompagner jusqu'à Théus, je m'interdisais formellement de profiter de la situation. Nous avons dormi, côte à côte, dans des granges, à la belle étoile, dans les champs ou la forêt. Quand, à Manosque, je me suis présenté à elle (« Je suis un gentilhomme »), c'était un engagement d'honneur, et au cas où j'y aurais failli, je lui ai offert un pistolet. Elle n'en a pas voulu.

— J'avais les miens, dit Pauline.

— Nous étions à forces égales.

— D'accord, ai-je dit, Pauline vous a inspiré le respect et vous l'inspire toujours, mais quand vous vous êtes retrouvés dans la campagne, décidés à forcer les barrages qui endiguaient le flot des réfugiés fuyant l'épidémie, les forces n'ont plus été égales. Jusque-là, nous vous connaissions bien, nous les lecteurs de Giono, et nous avions marché en compagnie d'un aimable jeune homme qui se promenait en voyeur dans la Haute-Provence. Quelques petites actions dont vous ne tiriez pas vanité nous faisaient augurer de votre courage et même si vous sembliez parfois un peu fanfaron, on ne pouvait douter de votre qualité de gentilhomme. Cela, nous étions seuls à le savoir. Pauline l'ignorait et pourtant elle vous a suivi, et en vous suivant, en acceptant votre protection, elle vous a conféré une autorité nouvelle, et nous avons compris que votre histoire était celle d'un chevalier errant. Vous m'avez fait penser à Amadis de Gaule. La noble cause était trouvée : reconduire Pauline chez elle, au château de Théus. Vous n'aviez pas de lance comme Don Quichotte ou Lancelot, mais vous aviez un sabre avec lequel vous avez tout de suite désarçonné des cavaliers qui étaient d'ailleurs des dragons... Sans vous, Pauline ne peut rien. Pour un peu elle vous crierait : « Vous êtes mon lion superbe et généreux... » Non, les forces n'ont pas été égales. Elle devait tomber dans vos bras... si vous les ouvriez...

— Il semblait ne rien comprendre, me dit-elle. Il se prétendait Piémontais et se conduisait plutôt comme un Anglais : froid, précis, prévoyant. Je l'admirais.

Je mourais d'envie, maintenant que nous passions la matinée seuls — l'après-midi je comptais bien dormir quand même — je mourais d'envie qu'ils me racontent la scène sublime où le choléra frappe Pauline : elle plie les genoux, vomit des matières blanches et grumeleuses comme du riz, et quand Angelo veut la déshabiller pour la frictionner à l'eau-de-vie, elle écarte la main qui remonte sous sa jupe : « Plutôt mourir ! » Il ne l'écoute pas et la brusque. Elle s'abandonne, demi consciente, et il frotte avec un désespoir dément les pieds, les genoux, les cuisses, le ventre et l'aine. C'est une épouvantable course contre la montre pour maintenir en vie le corps qui bleuit par plaques. A la fin, épuisé, il s'endort la joue contre le ventre nu de Pauline et, au petit matin, des doigts frais caressent son visage. Il se réveille. Un manteau les enveloppe. « C'est moi qui t'ai couvert, dit-elle. Tu avais froid. »

Pour le lecteur, ce tutoiement soudain est un couteau planté dans le cœur. Pauline n'est plus tout à fait à lui. Elle succombe au charme d'Angelo. Le mur qui séparait ces deux êtres s'est effondré. Pauline tutoie Angelo qui, cependant, ne cessera de la vouvoyer et ce dialogue, en apparence bancal, devient tout d'un coup d'une angoissante beauté : vont-ils se rencontrer ou vont-ils se manquer ? Je pouvais leur poser mille questions, ils ne répondraient pas, protégés par le voile d'infinie et poétique pudeur tendu par Giono sur le bonheur de ce couple...

Cela dit, les lecteurs conservent le droit de rêver, de prolonger le roman. Puisque — on le sait, grâce à un autre récit, *Mort d'un personnage* — ils auront un enfant, Angelo II, à quel moment ont-ils succombé à leur irrésistible et mutuelle jeunesse ?

Deux jours après la nuit tragique où Pauline a failli mourir, ils arrivent à Théus. La Providence veut que le Marquis soit absent, mais sa sœur, Céline de Théus, les reçoit. Pauline met enfin une robe longue. Angelo se lave, s'habille, se commande un cheval. La vieille Céline est redoutable d'intuition, d'intelligence. A peine, le premier soir, Angelo est-il dans sa chambre, prêt à se coucher, qu'elle apparaît. Longtemps, assise dans un fauteuil, elle questionne le jeune homme sur sa vie, ses idées politiques, ses origines. Il répond. Apparemment très bien. Céline qui a tout compris, qui sait ce qui dans l'existence est inévitable, le laisse seul et ne viendra plus le visiter. Alors, pourquoi ne pas imaginer dans l'ombre des couloirs, le pas décidé de Pauline ? Il faut que les choses s'accomplissent : elle se rend dans la chambre de son Lancelot. Ils ne peuvent humainement résister à cette fatalité. Des quelques nuits qu'ils dérobent ainsi à deux destinées contraires, Angelo gardera le lancinant souvenir d'une « main amie » dans la sienne, le geste magique qui aide à supporter la trahison des hommes et la solitude.

Des années après cette lecture de Noël et l'étrange état dans lequel je m'étais retrouvé au matin, littéralement — et littérairement — envahi par les héros de Giono au point de ne supporter personne d'autre ce jour-là, des années après j'ai relu d'affilée les quatre romans du *Hussard* tels que Giono a voulu qu'ils fussent réunis dans la Pléiade sous le titre du *Cycle du Hussard* et j'aime bien qu'il se soit moqué des contradictions qui gênent un peu — très peu — le déroulement de l'histoire. Ce n'est pas la vérité historique que nous cherchons, la date du vrai choléra qui ravagea le Midi, ou celle du soulèvement de Milan, mais une autre vérité bien plus exaltante, qui est la vérité romanesque, la démonstration de la toute-puissance d'un créateur, son pouvoir absolu sur les personnages de sa chair et de son imagination. Au nom de quoi se priverait-il de jouer de nouveau une scène qui lui plaît moins à la relecture, et pourquoi choisirait-il entre ces deux scènes ? C'est à nous de préférer la soirée d'Angelo et de Pauline dans le premier jet que fut *Angelo,* ou la scène du choléra dans *Le Hussard sur le toit.* Mais comment se décider ? Elles sont aussi belles l'une que l'autre. S'autorisant de sa toute-puissance, Giono a fait, défait, refait la vie et les amours de ses héros, modifié l'éclairage, le lieu, le temps. Seule lui importe l'intensité des scènes. Nous attendons l'étincelle magique qui déchire les ténèbres quand deux êtres découvrent qu'ils s'aiment. L'impatience nous gagnait, les lecteurs poussant Angelo à embrasser Pauline et les lectrices poussant Pauline à embrasser Angelo. Croyant écrire un roman d'action, peut-être même un roman épique, Giono a écrit un roman où l'amour est d'autant plus présent qu'il n'en est jamais question. Au moment où nous allions crier : « Mais enfin, Angelo et Pauline, vous n'avez pas les yeux en face des trous, vous êtes sourds, vous n'avez pas compris que vous vous aimez ? », Pauline a employé ce tutoiement que nous n'attendions pas et qui a libéré la lumière du jour.

On reconnaît la vraie puissance d'un roman à ce que ses lecteurs s'approprient ses personnages, son action et parfois même ses tics de langage. C'est aussi vrai pour les œuvres de Proust et de Céline que pour l'œuvre de Giono. Et Giono lui-même a pris au départ un point d'appui sur *La Chartreuse de Parme*. La critique a beaucoup souligné ce qu'il devait à Stendhal et combien Angelo est un jeune frère de Fabrice del Dongo. Tous deux sont des bâtards italiens, adorés par leurs mères, lancés dans des aventures qu'ils maîtrisent mal. Cela dit, il faut bien proférer une énormité : Angelo est un héros de roman plus attirant que Fabrice. Il a une profondeur, une puissance de réflexion, une autorité dans la décision qui manquent totalement au neveu de la Sanseverina. Fabrice ne cesse de plonger sa famille et ceux qui l'aiment dans des catastrophes. Il est totalement irréfléchi, d'abord émouvant par sa spontanéité, puis très vite exaspérant. S'il exerce une séduction, elle est superficielle. Sans la conjuration des femmes, il passerait sa vie en prison. Il ruine sa mère, oblige la Sanseverina à coucher avec le prince Ernest-Ranuce, use avec cynisme d'une petite comédienne, et, finalement, engrosse Clelia Conti, détruit la foi et la vie de cette oiselle. Considérée avec un rien de sang-froid et de lucidité, la conduite de Fabrice del Dongo est un exemple édifiant de légèreté, d'égoïsme et d'inconséquence. Passionné par un des plus atroces despotes que l'Europe ait connus, il vole à son secours à Waterloo, s'y ridiculise, puis revient en Italie s'aboucher avec les libéraux contre les tyranneaux de province. Ses idées politiques sont des puérilités insupportables. Le savoir, la psychologie, la ruse du comte Mosca ont du mal à réparer ce que Fabrice casse imbécilement. Sur le plan de la réflexion politique, Angelo est cent fois supérieur à Fabrice. A vingt ans, le jeune colonel de hussards sait que la politique n'est pas un jeu pour les enfants. Par plaisir et amusement, il veut bien payer de sa personne, débarrasser Turin d'un espion, faire le coup de feu à Milan et dans le Haut-Adige, mais il se refuse à être dupe. Il a déjà compris que le courage, la générosité, le don de leur vie creusaient le propre tombeau des

Piémontais et des Lombards. Deux fois, la foule imbécile et lâche a voulu l'écharper. Par mépris, il s'est laissé faire et n'a dû son salut qu'à un de ces providentiels hasards que les romanciers conservent toujours dans leur manche. Sa conversation avec Bondino, le conspirateur professionnel, est un modèle de rouerie, de sous-entendus, de vues profondes et d'intuitions. Peut-être Angelo n'est-il pas beau comme Fabrice qui traîne les cœurs après soi, mais nous ne parvenons pas à l'imaginer laid, ni même quelconque. Sa virilité éclate, son visage rayonne de jeunesse et d'intelligence.

On aurait sans doute surpris Stendhal en lui disant qu'il avait peint en Fabrice un héros de peu de consistance, mais que le mouvement du livre, les audaces d'écriture, la force des personnages secondaires, tous admirables, passionnants et généreux, ou puissamment véridiques dans l'ignominie (Ernest-Ranuce) et la bêtise (le général Conti) emportaient son médiocre héros dans une aventure dont la beauté le dépasse. Il faut s'entendre : Fabrice est un jeune lion de son temps, le produit aristocratique du romantisme révolutionnaire dans toute son irrationalité. Il est gentil, mais il est d'une sottise à peine pardonnable et Stendhal, bien qu'il l'aime comme le fils qu'il n'a pas eu, a du mal à nous le cacher. Fabrice n'a aucunement conscience de vivre en état de forfanterie continuelle, alors qu'Angelo lorsqu'il se surprend lui-même à faire le flambard se corrige aussitôt en se moquant de sa propre suffisance. Angelo est à l'aise avec les gens du peuple, ni canaille pour s'abaisser à leur niveau ni hautain pour mesurer la différence. Fabrice n'a pas cette qualité. Il parle toujours un ton au-dessus quand il ne s'adresse pas à ceux de son « milieu ».

A part des situations — et même des répliques, clins d'œil de Giono à l'amateur de Stendhal — les deux romans ne sont guère comparables. *La Chartreuse de Parme* jaillit comme un feu d'artifice du génie de Stendhal, au point que ce n'est pas tant le héros qui nous intéresse, mais l'auteur, son allégresse et son euphorie qui ne cessent pendant tout le récit. Un homme jette à pleines mains, avec une prodigalité rare chez les hommes de lettres d'ordinaire si avares, la richesse de sa vie imaginaire, trente ans de tristesses et de gaieté, de joies et de douleurs. Giono a le rythme plus provincial et parfois, tout à son monologue, sème son lecteur qui n'a pas le même souffle, dans les vallées, les montagnes, le maquis de Haute-Provence, mais son génie aura été de camper un héros au sens propre du mot, de lui maintenir les pieds sur terre. Angelo grandit de page en page, occupe finalement toute la surface du roman, cache l'auteur.

On sait que Stendhal a dicté *La Chartreuse* en sept semaines. Giono, pour n'être pas en reste, prétendit avoir écrit la première version du *Hussard* en six jours, ce que conteste avec quelque raison son postfacier de la Pléiade, Pierre Citron. Le pastiche s'arrête là, et d'ailleurs ce n'est pas de pastiche qu'il faut parler, mais d'un cas unique d'osmose dans l'histoire littéraire. Les deux romans ont obéi à des pulsions semblables, au rare et enivrant bonheur d'écrire.

Ces explications avec Angelo et Pauline, je les ai vraiment eues ce matin-là et, depuis, chaque fois que j'ai rouvert le cycle du *Hussard,* le souvenir de la nuit blanche de Noël, de l'état de demi-conscience dans lequel je m'étais retrouvé à l'apparition tardive du jour, me poursuit encore des années après. J'ai dû ce 25 décembre laisser partir Angelo et Pauline, céder au sommeil avec le vague espoir — toujours déçu — de les retrouver dans un rêve où je pourrais les voler à Giono. Mais si j'ai rêvé, ce n'est probablement pas d'eux, c'est plutôt de la bicyclette couverte de neige. A mon réveil, en fin d'après-midi, elle n'était plus là, accotée au mur, et l'appartement ne sentait même pas le petit cigare froid.

II

A quelle époque Dali aurait-il dû couper ses moustaches ? Dans les années 50, elles furent l'arme secrète nécessaire à sa reconquête de la célébrité. Il avait passé le temps de la guerre aux États-Unis et l'Europe l'oubliait. Le genre de célébrité dont Dali était affamé présente un revers : on ne peut la laisser refroidir sans risquer de la perdre. Dès son retour en France, il comprit que les gros canulars surréalistes étaient passés de mode. En 1930, on exaspérait les bourgeois et la critique en présentant comme une œuvre d'art un vieil escarpin, un verre de lait *chaud* et une baguette de pain, mais en 1950 les critères du scandale différaient et même s'opposaient aux critères d'avant-guerre.

L'hiver 1951, j'étais allé l'écouter à New York, dans un petit salon de l'hôtel San Regis où il recevait quelques journalistes qui, lassés de ses pitreries, ne cherchèrent même pas à le provoquer. Quand, au mois d'avril suivant, je le revis à

Paris, il avait changé de registre. A la vieille Europe aigrie, jalouse, se prétendant revenue de tout, et qui se méfiait d'un artiste resté si longtemps dans le lit de la jeune Amérique, il offrait de nouvelles provocations bien plus insolentes : il se déclarait monarchiste, catholique apostolique et romain, admirateur inconditionnel de Vélasquez et de... Meissonier. De quoi se faire des ennemis irréductibles de ses anciens amis surréalistes. Il fallait un certain culot en plein totalitarisme existentiel pour renverser ainsi la vapeur. La presse l'aurait probablement assassiné s'il n'avait arboré une extraordinaire moustache qui détourna l'attention de ce que ses propos avaient de vraiment révolutionnaire.

Charles Orengo, directeur littéraire de Plon qui venait de prendre sous son aile protectrice la revue et les éditions de La Table Ronde, me proposa de rencontrer Dali de passage à Paris. Si je m'entendais avec le peintre, nous envisagerions de préparer pour La Table Ronde une édition française de son autobiographie. Dali résidait pour quelques jours à Neuilly, dans l'hôtel particulier d'Arturo Lopez, Chilien enrichi dans le guano ou le cuivre, je ne sais plus, fou de l'époque Louis XIV et qui, je le crains, se prenait sur son tas de caca d'oiseau, pour une sorte de Roi-Soleil sud-américain, conforté dans cette ambition par l'encens et la servilité d'une petite société parisienne que son argent fascinait.

Je l'avais vu à un dîner, saoul, éructant, son visage poupin menacé par l'apoplexie, gominé comme un danseur mondain, se faisant servir un armagnac dans un verre ballon, le buvant d'un trait et pissant aussitôt dans le verre vide avant de le rendre au maître d'hôtel estomaqué. Il y a toujours dans la vie des gifles qu'on regrette de n'avoir pas distribuées. Que faisait Dali, lui un artiste, chez un nabab de cette grossièreté ? Il est vrai qu'il ne se cachait pas d'aimer furieusement l'or et se réjouissait de l'anagramme porte-bonheur inventé par Breton : « Avida Dollars. »

On nous fit attendre, Orengo et moi, dans un boudoir écœurant de somptuosité, où régnait un cacatoès encagé plus bavard et odieux que tous les cacatoès du monde. Après une bonne demi-heure, alors que, ne pouvant plus supporter les cris de cet infect oiseau, nous nous apprêtions à partir, Dali apparut. Sa moustache déjà inquiétante à New York était encore montée de deux ou trois centimètres. Les pointes, effilées et collées au cirage noir, menaçaient ses yeux.

A part ce détail naïvement agressif, il était on ne peut plus correct dans un costume bleu marine étriqué comme après un lavage, avec des manchettes et un col empesé, un bijou biscornu épinglé dans sa cravate en lamé. Il resterait toujours le fils du notaire de Figueras, il serait toujours *cursi*, mot intraduisible en français que les Espagnols de bon ton appliquent aux parvenus surhabillés. Ce soin de sa personne émouvait chez un personnage qui avait montré si peu de respect pour les conventions. Sa tenue, la canne noire à bec d'argent qu'il tournait nerveusement entre ses doigts, la moustache vibrante à chaque mot définissaient assez bien les audaces de ce timide, mais je vis tout de suite qu'il nous faisait le gentil honneur d'être lui-même. Nous n'étions pas la galerie. Quand je lui transmis les amitiés de Rafael Sanchez Mazas, président du Comité du Prado, son œil brilla :

— Il a la respiration catholique !

Ce n'était pas si mal juger un homme de grande culture dont l'année précédente j'avais rapporté de Madrid un roman parfait de grâce, de poésie et de fraîcheur, *La vida nova de Pedrito de Andia* que Plon s'apprêtait à publier dans sa collection Feux Croisés.

Il y eut ensuite un moment agréable pendant lequel nous parlâmes du Prado que je connaissais bien. En fait, nous nous faisions passer un mutuel examen. Les résultats favorables ne furent jamais remis en cause et même si, à part le jour où il fut reçu, en 1979, à l'Académie des Beaux-Arts, je n'ai plus revu ni parlé avec Dali depuis plusieurs années, je lui garde et j'espère qu'il me garde l'affectueuse amitié qui naquit à ce moment-là dans le décor absurde où nous étions aussi mal à l'aise l'un que l'autre.

Charles Orengo sut ramener la conversation à

l'objet qui l'intéressait : le contrat pour la publication en français de *La Vie secrète de Salvador Dali* par Salvador Dali, bien entendu, qui avait paru deux ans plus tôt chez Vision Press à Londres. Dali se fit apporter un volumineux dossier. Il y avait là quelque cinq à six cents pages dactylographiées, des passages manuscrits en lettres capitales, un fouillis de notes. En collationnant rapidement, je vis qu'une centaine de pages manquaient. Dali n'avait pas la moindre idée de l'endroit où elles s'étaient égarées et n'en conservait pas de double. D'après lui, il était plus simple de les retraduire de l'édition anglaise établie par Haakon M. Chevalier. Je promis de rendre ma réponse le lendemain. Orengo qui, lorsqu'il plaçait une pointe, ne manquait jamais d'essayer d'en placer une autre, parla d'une édition de luxe d'*El sombrero de tres picos*, roman classique d'Alarcon pour lequel des bois coloriés de Dali s'imposaient. J'appris en même temps que j'allais traduire ce texte. Dali en une de ces surenchères spontanées qui sont dans sa nature assura qu'il illustrerait ce livre puisque j'en étais le traducteur.

— Ça tombe très bien, dit-il, en ce moment, j'ai plein de papillons dans les mains.

Cette phrase sibylline s'éclaira plus tard quand il livra ses planches qui furent gravées par Bracons Duplessis : Dali avait purement et simplement collé sur ses dessins une zygène et un papillon vert des îles Salomon dont, il faut le dire, les ailes, les antennes et le corps composaient d'étonnants costumes pour les héros du *Tricorne*.

Dans l'après-midi et la soirée, je lus le manuscrit de Dali. Malgré une complaisance diarrhéique, il y avait là beaucoup plus que la confession impudique d'un paranoïaque. Dali était un véritable écrivain, avec un vocabulaire surprenant, des images magnifiques, un humour froid proprement espagnol, mais il écrivait en français et, là, commençait la difficulté. Qu'il n'eût aucune notion d'orthographe aurait peu importé si son écriture phonétique n'avait été entachée d'un accent catalan à couper à la hache. Avec des phrases très simples comme : « Gé asis la ledeur sur mais genus et gent men suis presque aussi tot fatigue », il suffisait de lire à haute voix en se rappelant qu'il n'y a, en espagnol, pas d' « e » muet, que le « u » devient « ou », que le « b » et le « v » sont facilement confondus, que le « s » est toujours dur comme le « ç ». Mais bien d'autres phrases demandaient plus longue réflexion, et les néologismes, même souvent heureux, exigeaient des compromis. Par chance, l'édition anglaise était un travail d'une honnêteté, d'un sérieux qui devaient m'aider considérablement, d'abord pour les chapitres disparus, ensuite pour de multiples détails.

Haakon M. Chevalier, le traducteur, habitait

Paris, plus exactement Montmartre où j'allai le voir, ignorant la première fois qui il était et quel rôle dramatique il avait joué aux États-Unis dans l'immédiat après-guerre. C'était — ou c'est car je ne sais ce qu'il est devenu — un homme d'une forte carrure, au visage léonin d'une grande sérénité. Il avait enseigné les langues romanes dans une université californienne et vivait depuis peu en France : « en exil », me dit-il. La raison, je ne la sus qu'après : Chevalier avait été l'ami intime de Robert Julius Oppenheimer, père de la bombe atomique. Au cours de leurs longues conversations Chevalier avait abordé le problème de la paix et du danger que faisait courir le monopole américain de la fission de l'atome. C'était du moins l'idée des pacifistes : partageons les secrets et personne n'osera s'en servir. Au cours des réguliers contrôles de sécurité, Oppenheimer avait abordé ce problème avec l'officier qui l'interrogeait et rapporté les arguments de Chevalier. Il n'en fallait pas plus en plein maccarthysme pour déclencher le tonnerre. Chevalier n'avait rien d'un vulgaire espion et les soupçons de la sécurité militaire l'avaient obligé à s'exiler en Europe où il vivait chichement de traductions, de leçons, de quelques articles, et, je l'espère, du livre qu'il publia, peu après notre rencontre, *L'Homme qui voulait être Dieu*, un portrait d'Oppenheimer, sans rancune, mais plein de reproches douloureux à l'ami dont le caractère et la loyauté n'avaient pas été à la hauteur de l'intelligence.

La conscience méticuleuse, universitaire, de Chevalier avait sauvé la totalité du manuscrit de Dali, au mépris d'une autre idée qui me paraissait plus intéressante et probablement plus profitable à l'auteur. Puisqu'on me demandait d' « adapter » *La Vie secrète* je devais penser à un plus large public que celui de l'édition anglaise, d'ailleurs limitée à mille exemplaires. Il fallait donner à ce livre une vitesse et un ton que la trop grande complaisance de Dali à l'égard de ses propres délires brisait sans cesse. Il ne s'agissait pas de le couper de ses démons familiers, mais de montrer, en resserrant son texte, la singulière richesse d'imagination, l'intelligence intuitive, la drôlerie de cet homme qui essayait sans cesse de se faire passer pour fou, au risque de le devenir vraiment, alors qu'il était un des artistes les plus sains d'esprit de sa génération.

Deux mois après la rencontre à Neuilly, j'avais terminé un travail qui, contrairement à d'autres plus personnels, me satisfaisait assez. C'était entièrement du Dali, mais canalisé, émondé, et par là même beaucoup plus intense dans l'humour. Je lui envoyai la copie dactylographiée à Port Lligat où il avait regagné sa maison après le bref intermède parisien. Un mot de lui arriva par retour du courrier :

« Cher michel deon, l'arangement et exelent et

vous felicite neanmoins je re-corige au maximum du “ concret dalinien ” certains endroits “ tipiques ” pour que vous reforciez de “ minuties exasperantes ” le tout, cela vous donera une idée claire de quoi ge envie. Merci, genvoi le chapitre inedit, BONJOUR!! Dali 1951. »

Plutôt que d'attendre le chapitre inédit — qui ne fut d'ailleurs jamais écrit — je partis le chercher, roulant de nuit comme j'aimais le faire alors, pour m'arrêter au petit matin à Perpignan. Dali n'avait pas encore élevé la gare de Perpignan à la hauteur d'un mythe qui fertilisait son imagination et déclenchait en lui une érection esthétique dont il prétendait recueillir la semence en arrivant à Port Lligat deux heures plus tard. L'excitation que provoque une gare n'est sans doute pas une pure invention dalinienne. Il faut noter avec quelle précaution Dali a presque toujours évité de mentionner Chirico, et pourtant si Dali est ce qu'il est, c'est un peu grâce à la peinture métaphysique de l'Italien, mystérieuse éclosion qui dura jusqu'au début des années 20, avant de s'épuiser dans un néoclassicisme étrangement plat. Mais l'Italien a une particularité qui n'a pas pu échapper à l'Espagnol : parce que son père avait été ingénieur des chemins de fer, qu'il avait vécu son enfance en Grèce, à Volos où le train coupe la ville en deux, Giorgio de Chirico a, dans de nombreuses œuvres, glissé des trains que tire une petite locomotive à la grosse cheminée américaine dite « diamond », en forme de cône renversé, crachant une boule de fumée blanche. Il y a même deux tableaux de lui représentant des gares, l'un *Mélancolie du départ* daté de 1914, l'autre *Joie du retour* daté de 1915 qui, par leur architecture et leurs angoissantes perspectives, ont certainement influencé Dali sans qu'il en ait peut-être été conscient. Malgré leurs liens avec le futurisme et le surréalisme — pour Chirico au début du mouvement, pour Dali quand le mouvement se mourait déjà — les deux peintres sont radicalement opposés bien qu'ils soient rangés l'un et l'autre parmi les oniristes. Avec Dali le rêve est minutieusement décrit sans nous laisser d'interprétation personnelle, les phantasmes cultivés sont épuisés jusque dans leurs plus petites singularités alors que Chirico daigne à peine ouvrir une porte qui libère l'imagination ou le délire. La peinture de l'Italien est plus grande parce qu'elle suggère en silence et recrée par l'effacement une solitude oubliée dans le bruit et la fureur, mais l'art de Dali a une puissance qui manque parfois à Chirico.

Si je n'ai jamais eu la curiosité d'aller voir ce que Dali trouve de si excitant à la gare de Perpignan, en revanche j'aime le café de la Loge qui, par la grâce de cette première rencontre, est resté un de mes points de chute préférés. Au détour d'une page des *Poneys sauvages*, j'ai rendu hommage à la belle bâtisse gothique aux fenêtres ogivales, à ces tables sur le trottoir, magnifiquement disposées pour contempler la charmante Vénus de Maillol sur son piédestal : jambes courtes et grasses, fesses d'un beau volume, ventre enfantin, seins bien pleins, exquis et pur visage classique sous la chevelure ramenée en chignon au-dessus de la nuque. Le soir de mon arrivée — puisque au lieu de continuer je restai là pour la raison que je vais donner — le soir, une troupe de jeunes Catalanes dansa une sardane autour de la statue. Les jupes en tournoyant découvraient les jambes nues et mates de ces adolescentes qui inspirèrent tant Maillol. On eût dit, dans la nuit tombante, d'une ronde de statues malicieusement habillées de corsages blancs et de jupes bariolées. Bien que je n'aie plus, par la suite, vu danser de sardanes sur la place de la Loge, la scène est restée si vive dans ma mémoire que je me suis arrêté peut-être dix fois à Perpignan dans le vain espoir d'entendre de nouveau la grêle musique, mais les bonheurs de ce genre ne se renouvellent pas. Ont-ils seulement existé ? Souvent j'en doute. L'imagination berce les souvenirs et, si nous n'avions pas de témoins, les plaisirs de la vie et les rêves se mêleraient si fort que nous ne prendrions même plus la peine de les séparer.

Ce que je dois à Perpignan, aux deux statues de Maillol — l'une sur la place et la Méditerranée dans la cour de la Mairie — tient aussi au fait que cette étape m'a toujours été donnée après une longue course en voiture. Ivre de sommeil au sortir d'une nuit, on s'étire, les oreilles encore sifflantes du vent, la bouche amère et, tout d'un coup, la scène s'immobilise après avoir défilé à toute allure sous nos yeux. La vitesse qui nous écrasait sur un siège et crispait nos mains sur le volant, relâche sa tension. Comme dans un film au ralenti, les gestes du garçon de café qui pose une tasse et un sucre sur le guéridon de marbre se décomposent avec majesté. On surprend une ville au moment de ses ablutions matinales, avec des rues propres et arrosées, des hommes à la joue fraîchement rasée, des femmes aux visages lisses, aux lèvres pâles, des enfants qui, en se hâtant vers les leçons du matin, semblent jouer dans un autre film. Ainsi m'apparut Perpignan : comme un lever de rideau après que la salle eut été plongée dans l'obscurité. Avec cette lucidité surréelle que donnent une nuit blanche et la fatigue, je voyais, dans la ville découpée par la lumière crue en grands pans gris et ocre, les coulisses d'une scène de théâtre...

Collée à une porte du café de la Loge une affiche annonçait pour le soir même *Le Carrosse du Saint-Sacrement* et, pour le lendemain *Richard III* avec des comédiens que je connaissais un peu. Plus rien ne pressait. Depuis longtemps je me disais que rester disponible est une des grâces de la vie. J'appelai Nimier qui, à Paris, avait pris la rédaction en chef d'*Opéra*. Il acceptait un article sur le festival de Perpignan. Le point final à la version française de *La Vie de Salvador Dali* attendrait.

Le soir, après la sardane, j'entrai avec la foule dans la cour du Palais des rois de Majorque, lieu théâtral s'il en est, léger sur ses élégantes colonnes, parfait pour la jolie comédie de Mérimée. Le décor — un grand paravent peint — était de Jean Hugo. Oui, j'avais bien fait de m'arrêter. Et, mieux encore, le lendemain matin, assis au balcon du vieux théâtre de Perpignan, j'écoutais Pablo Casals diriger les répétitions de l'orchestre qui jouerait quelques jours plus tard dans l'église baroque de Prades. Je pris là, en deux heures, une leçon de musique comme je n'en recevrai plus jamais. Le petit homme en veste de laine, un archet à la main, décomposait pour ses exécutants un concerto de Mozart. Ses bras courts soulevaient les violons, écrasaient les basses, et ses mains potelées calmaient les clarinettes et les hautbois, libéraient le pianiste et la harpiste. Tout devenait d'une merveilleuse clarté bien que Casals parlât un épouvantable français.

Une partie du cloître de Saint-Michel-de-Cuxa avait été vendue aux États-Unis et remontée pierre par pierre à New York, mais ce qui restait, à l'heure où j'y allai visiter un moine, ami d'André Fraigneau, baignait ses porphyres et ses grès dans une lumière d'après-midi si chatoyante qu'elle semblait nous parvenir à travers le prisme d'un cristal de roche. Le Tech qui court dans la vallée irisée du Vallespir exhalait une buée blanchâtre déchirée par la masse sombre des pêchers. Le soir, on jouait *Richard III*, interprété et mis en scène par André Var, avec Louise Conte, superbe reine Marguerite dont la voix d'acier lacérait la tendre nuit étoilée. Quand Richard, écrasé par les troupes du comte de Richmond, à la bataille de Bosworth, lança son célèbre : « Mon royaume pour un cheval », nous étions tous à l'unisson, enfants du paradis, prenant parti pour les bons contre les méchants, prêts à seconder Richmond dans son duel contre le roi fou qui s'était fait exécrer pendant trois heures. La fin de Richard III est un des moments merveilleux du théâtre de Shakespeare. La puissance de l'action et l'envoûtement des mots sont si grands qu'on ne sait plus si les comédiens portent les spectateurs ou si les spectateurs portent les comédiens. Tout le monde joue, entre dans la pièce, tremble, aime, meurt et revit. On sort de là épuisé et triste comme après l'amour, mais c'est l'attrait des festivals d'Été qu'après la représentation on ne retombe pas dans la vie plate. Le retour en ville est une promenade accordée à la féerie qui vient de s'éteindre : murs d'Orange et d'Avignon, cours Mirabeau d'Aix-en-Provence, rues étroites de Spolete, grandeur de Vérone après un opéra de Verdi aux arènes. Des jardins secrets distillent les parfums de l'Été : jasmin, dame-de-la-nuit, lilas et lavande qui sont l'haleine de l'Italie et du midi de la France. Aux balcons, se penchent des silhouettes sombres qui surveillent l'écoulement de cette foule de croyants dont la venue secoue la torpeur provinciale.

Le lendemain, comme je téléphonais mon article à *Opéra,* j'appris qu'on me demandait d'urgence à Nice. Un jury où je ne connaissais personne venait de me décerner un prix avec un chèque plus que substantiel à la clé. Rien ne pouvait tomber mieux. Ce prix inconnu couronnait *Je ne veux jamais l'oublier,* roman publié par Plon en 1950, alors que j'étais aux États-Unis m'inquiétant peu de sa sortie. Il y avait des raisons : je ne croyais plus guère à ce roman qui avait traîné pendant deux ans dans je ne sais combien de maisons d'édition, essuyant partout des refus tantôt dédaigneux, tantôt attristés, et même un refus de type japonais de la part de René Julliard : « Ce roman est trop bien, trop artiste pour notre époque et pour ma maison. Je crains de ne pas savoir le faire accepter par des lecteurs qui n'ont plus le goût aussi fin. » Ce qui, entre parenthèses, n'était pas très gentil pour les lecteurs et ses autres auteurs. Derrière l'excuse ampoulée de Julliard se cachait une autre vérité : Sartre et Beauvoir pesaient d'un poids énorme sur la littérature et les maisons d'édition. Par centaines affluaient des manuscrits qui se réclamaient d'une expérience livresque de la vie, que l'on baptisait existentialiste bien que le pauvre Sartre ne pût guère être considéré comme responsable de cette marée de pastiches devenue la littérature officielle, ce qui valut d'ailleurs à cette surproduction de disparaître très vite sous ses propres décombres. Sartre lui-même, écœuré de son système, renonçait à poursuivre son roman-fleuve, *Les Chemins de la liberté*. Mais les lecteurs des maisons d'édition résistaient encore à tout ce qui enfreignait les règles sacro-saintes de la nouvelle mode. Si j'avais fini par être publié, je le devais à deux hommes aussi opposés que possible et qui pourtant se comprenaient fort bien. Le premier, Jean Variot, dont le nom est injustement oublié, vivait de notes de lecture chez Plon. Je ne sais quel âge il avait, mais il me paraissait très vieux — ce qui veut peut-être simplement dire qu'il était un peu plus âgé que moi aujourd'hui — et traînait dans Paris une carcasse épuisée par les maladies et les revers. Rendu complètement chauve par une typhoïde, il avait longtemps porté une perruque que, par dérision, il s'amusait à soulever, découvrant un crâne luisant pour saluer qui le surprenait à vagabonder dans les rues de Paris. La perruque avait disparu et Jean Variot gardait les mêmes chapeaux mous qui l'auraient aveuglé si ses deux oreilles en auvent ne les avaient retenus. Flottant dans un vieux pardessus à chevrons gris, il traversait la place Saint-Sulpice au début de l'après-midi à petits pas, souffrant des jambes et des pieds, un cartable à bout de bras, pour aller s'enfermer dans une cagna de Plon, sous les combles glaciaux. Là, d'une grosse plume sergent-major, il rédigeait de longs et précis rapports de lecture. On se doute qu'il restait assez insensible à la mode régnant depuis la fin de la guerre. Il avait écrit quelques livres, des romans nerveux et poétiques : *Les Coursiers de Sainte-Hélène*, *L'Homme qui avait un remords*. Passionné de théâtre, marié à une belle comédienne plus jeune que lui, il avait un fils, magnifique garçon qui se préparait à la prêtrise et, je crois, y renonça. Les rencontrant ensemble un jour, Variot m'arrêta dans la rue Férou :

— Puisque vous avez aimé mes livres, autrefois, avant de me connaître, dites à mon fils que j'ai été un écrivain avec un petit talent.

C'était pathétique et laissait deviner des orages familiaux. Le rapport de Jean Variot avait décidé Charles Orengo, nouveau directeur littéraire de Plon. A l'époque dont je parle — 1950 — Orengo avait à peine trente-cinq ans, d'étonnants yeux verts, une ambition bien vertébrée et une sorte de persuasion jésuitique qui désarmait ses interlocuteurs tant il y mettait de courtoisie. Monégasque, il descendait d'une de ces vieilles familles de la Principauté qui vivent depuis des générations à l'ombre de leur Prince. Après avoir été représentant de commerce, puis, mystérieusement, censeur des journaux suisses qui entraient au compte-gouttes en France par le poste frontière d'Annemasse pendant l'Occupation, il avait attrapé un virus grave, inguérissable, le virus de l'édition, et fondé avec Jean Mistler les éditions du Rocher qui publiaient peu mais des livres de qualité. La direction littéraire de Plon lui apportait les moyens qui avaient jusque-là manqué. Il y avait du Vautrin en lui : une implacable ambition qui laminait les obstacles et une générosité, une fidélité à son entourage qui relevaient d'un autre temps.

A mon retour des États-Unis en 1951, les nouvelles n'offraient rien d'exaltant : la vente de *Je ne veux jamais l'oublier* ne dépassait pas mille exemplaires et le dossier de presse ne contenait qu'une déclaration d'Henri Martineau, datant d'octobre : « J'ai lu un bon livre : Déon. Est-il goncourable ? » J'aurais peut-être mis la clé sous la porte et serais retourné au journalisme qui gardait encore du charme à cette époque, si Orengo n'avait eu foi en ce livre qu'il aimait. Malgré les maigres résultats, des signes le confortaient dans son espérance. Ainsi ces mille exemplaires inexplicablement achetés par des inconnus que rien n'avait préparés à l'aventure du premier livre d'un auteur dont le nom ne leur disait rien, ces mille exemplaires avaient été vendus par à peine une dizaine de libraires. L'un d'eux, Paul Lestrade, à Casablanca, avait forcé la main à trois cents de ses clients. Si Orengo aimait les coups d'éclat, il avait également, en vrai éditeur, conscience que certains auteurs s'imposent lentement.

— Vous verrez, disait-il, nous ferons tache d'huile. Au prochain livre vous aurez cinquante libraires pour vous, puis cent, puis mille. Alors la critique s'éveillera. C'est le processus inverse de ce qu'on voit d'ordinaire, mais il est possible que ce soit le plus sûr...

Et tout d'un coup, un prix me tombait sur la tête. Au téléphone, Orengo ajoutait, excité comme une puce :

— Un article d'André Thérive paraît cette semaine. En même temps qu'un article de Blondin. Et André Bourin veut vous interviewer pour *Les Nouvelles littéraires*.

Dix mois après la parution du roman, et bien que ce fût encourageant d'être un peu aimé, j'étais loin de m'imaginer que *Je ne veux jamais l'oublier* aurait la vie dure et que, plus de trente ans après, il resterait le préféré de beaucoup de lecteurs après quantité d'éditions successives, corrigées, polies, repolies et un nouveau chapitre.

Dali patienterait décidément un peu plus, et, dans la nuit, je partis pour Nice. Le curieux jury qui m'avait distingué s'était lassé de m'attendre et je ne trouvai que Marcel Sablon, mécène du prix et directeur du Casino de la Méditerranée, Pierre Rocher, auteur dramatique et éditorialiste à *Nice-Matin* et Paul Reboux. J'ai oublié quels furent les autres. Paul Reboux, complètement effacé aujourd'hui, avait connu une grande célébrité avant la guerre grâce à de lestes romans historiques publiés dans le *Paris-Soir* de Prouvost dont il était un des fleurons. Son talent d'habile fabricant n'avait pas survécu à la nouvelle presse, et, pour vivre, il racontait chaque jour à Radio-Nice un fait divers qu'il ponctuait de deux coups de trompette, mais je me souvenais de ses *A la manière de...*, cruels pastiches des auteurs à la mode entre 1910 et 1930. Il en avait publié plusieurs volumes, irrésistibles d'humour corrosif, qui ne laissaient pas grand monde debout. Le plus amusant est qu'il avait été lui-même victime d'un pastiche qui démontait joyeusement toutes ses ficelles. L'auteur en était Georges Blond qui, avant la guerre, dans *Je suis partout*, rédigeant une fausse page de *Paris-Soir* sous le titre de *Paris-Sucre*, y avait commencé un inénarrable feuilleton signé Paul Rebouteux, sur la vie amoureuse de Saint Louis. Ce qui restait de l'homme célèbre, autrefois choyé par la presse, inspirait pitié, mais il supportait courageusement le dédain des nouvelles générations, chauffait ses vieux os au soleil de Nice et lisait éperdument, son seul opium contre l'oubli dans lequel il était tombé.

Le chèque de ce prix — qui s'intitulait Prix des vacances heureuses de la ville de Nice, et ne fut plus jamais décerné ensuite — n'était pas mince et je repris la route vers l'Espagne, m'arrêtant au passage à Cannes pour revoir B. qui vivait dans un grand jardin de magnolias, bronzée, belle, une tubéreuse dans ses cheveux, cette fleur dont depuis mes dix-sept ans je ne pouvais respirer l'odeur sans évoquer le moment d'intense bonheur qu'avait été notre rencontre. A la manière dont elle me dit au revoir après cette courte visite, je sus que nous nous retrouverions bientôt, mais j'étais pressé et je n'avais plus qu'une idée en tête, gagner l'Espagne non par Port-Bou pour rejoindre Dali, mais par Irun, ce qui était un sacré détour. En vérité, après ce prix, j'avais aussi envie de revoir à Saint-Jean-de-Luz celle qui avait inspiré le personnage d'Olivia dans *Je ne veux jamais l'oublier*. Je lui avais envoyé le livre et elle n'avait pas répondu. Nos lettres s'étaient nettement espacées. J'espérais quand même qu'une affectueuse amitié demeurait. De Cannes, la route est longue, mais je partais en pleine euphorie : de l'argent en poche, la promesse de revoir B. après le retour à Paris.

C'est après Toulouse que les choses se gâtèrent au petit matin. La fraîcheur de la nuit tenait éveillé ; le jour venu, il fallait écarquiller les yeux pour ne pas s'endormir. Deux fois, j'évitai le fossé. Dans une descente en lacets, je freinai à mort : des jeunes filles en robe pervenche, assises en travers de la route agitaient des bouquets de camélias blancs. La voiture arrêtée, elles s'effacèrent comme des ectoplasmes. Je roulai doucement jusqu'au prochain village pour m'affaler à la terrasse d'un café. Les cloches de l'église sonnaient à toute volée. Un cortège se formait dans la grand-rue. La mariée avançait en tête, au bras de son père, suivie de quatre jeunes filles en robe de mousseline pervenche, chacune un bouquet de camélias blancs à la main. Quand rêvons-nous ?

Après plusieurs cafés, j'arrivai à Saint-Jean-de-Luz. Là, j'avais passé tout un été, en 1948, le plus souvent attablé au Bar Basque en face d'une jeune fille dont la voix et l'accent me plaisaient vraiment beaucoup. Il lui arrivait de dire des choses très drôles, et d'autres assez cruelles pour se défendre.

Avant de sonner à la porte de G., je fis le tour de la ville pour retrouver les étapes de notre sinueux parcours : la plage où nous n'allions guère parce qu'elle n'aimait pas se baigner, la boîte de nuit où pour la première fois j'avais senti, pendant que nous dansions, qu'elle s'abandonnait enfin, les grands hêtres sous lesquels nous nous étions abrités de la pluie et embrassés, le coiffeur devant lequel je l'attendais avec un agacement grandissant, l'hôtel où elle me rejoignait l'après-midi, fenêtre ouverte sur la plage et le long vol plané des goélands, les bistrots où elle feignait de dîner et les toilettes où elle allait aussitôt vomir les trois bouchées de pain que je l'avais forcée à avaler, le magasin du briquet perdu le lendemain, le casino qui m'avait porté chance et permis de passer un été au-dessus de mes moyens, la gare du dernier jour qui me rappelait son visage soudain triste, un aveu tant attendu. Changeant les lieux, bouleversant les temps, j'avais tenté de raconter cela dans *Je ne veux jamais l'oublier* : une femme fuit, se laisse approcher, refuse l'amour, se donne, s'en va. L'amant la voit partir avec autant de soulagement que de regrets. Il a vécu une belle histoire : l'amour n'aurait pas résisté à la vie en commun. Avec du recul, c'était une aventure dont me venait brusquement l'envie de revoir le vrai décor et le premier rôle, mais G., craignant de me rencontrer seul, s'était entourée d'amis jacassants qui m'empêchèrent de dire les choses affectueuses mûries pendant ma randonnée nocturne. Elle gâchait tout et je lui en voulus un long temps. Après ce bête échec, nous ne devions plus nous revoir que rarement en trente ans. En une seule circonstance elle retrouva la complicité qui nous avait tant unis. Trois ou quatre ans après cette vaine visite, en reportage à Biarritz pour *Paris-Match*, j'appris qu'elle venait d'avoir un enfant dans une clinique à quelques kilomètres de là. Il était six heures du soir. A l'entrée on me donna le numéro de sa chambre où je montai sans être annoncé. A demi assise dans un grand lit, elle brossait ses cheveux bleu de nuit.

— Je t'attendais. Tu trouves que je perds mes cheveux ? On m'a dit qu'après un accouchement, les femmes perdent leurs cheveux. Il faut les brosser plusieurs heures par jour.

Sans qu'elle cessât de brosser ses cheveux, nous avons parlé longtemps et, tout d'un coup, j'ai retrouvé ce que je croyais détruit et qui n'avait été qu'enseveli sous un monceau de convenances : son charme, son humour, sa feinte naïveté, tout ce qui séduisait infiniment quand nous nous étions connus à Genève où, réfugiée chez le peintre Segovia, elle avait fui les psychiatres qui la détruisaient.

Au retour de cette rencontre à Biarritz, je trouvai une lettre m'attendant depuis trois ou quatre jours. G. m'annonçait la naissance de son enfant : « Il m'arrive des choses surprenantes. Je me suis dédoublée. Un seul événement cependant ne m'étonnerait pas : que tu passes par ici et que tu entres dans ma chambre. Je regarde tout le temps la porte. » Ainsi un lien ténu nous unissait encore.

Nos routes devaient se recouper quelques fois, mais pas nos existences. Je l'avais laissée filer entre mes doigts avec le vague sentiment que le temps n'était pas venu de s'enfermer dans le mariage. La vie de bohème avait des charmes dont je ne me lassais pas. Ses coups du sort comme ses coups de chance m'attiraient trop pour que je m'en prive. J'avais faim de tout. G. est restée dans les pages du roman où je l'avais glissée, comme les pétales séchés des roses pourpres qu'elle aimait tant.

Conscient qu'à cause de ses jacassants amis, le rendez-vous de Saint-Jean-de-Luz était manqué à jamais, je passai en Espagne où le dernier jour de la Saint-Firmin ne dissipa pas autant que je l'aurais voulu ce que me laissait de mélancolie la dernière rencontre. J'avais aimé l'Espagne à travers G. et promené en moi, partout, son fier petit visage de Malagueña. Même si elle ne m'avait pas accompagné, elle était la raison de ces voyages. Fermant les yeux, je la rêvais à la *barrera*, s'éventant l'après-midi dans les frais patios andalous, furieuse de piétiner les rues pavées de Tolède ou impossible à ramener à l'hôtel quand, au petit matin, s'éteignaient les chants et les cris du Bario Chino. A Pampelune, cette année-là, je la regrettai. Elle manquait à la fête et n'importe qui d'autre n'aurait pas fait l'affaire parmi ces femmes ambrées sous leurs mantilles, éblouies par les costumes de lumière et l'entrée inouïe du taureau dans l'arène. C'était une belle fête païenne, joyeuse et sanglante, ivre d'un épais vin rouge. Hemingway a raconté la Saint-Firmin, ou plutôt des Américains emportés dans les spirales de cette fête, leurs amours brisées dans le sillage de Lady Brett, mais les étrangers en ces années-là étaient encore rares. L'Espagne ouvrait avec réticence ses portes et ne montrait que la façade. Derrière la façade folle de la Saint-Firmin, tout de suite après Pampelune, la route s'enfonçait dans une angoissante solitude. La Vieille Castille pansait mal ses plaies de la guerre civile. J'eus l'impression de traverser une terre morte semée de villages gris, si pauvre qu'on voyait ses os : les contreforts décharnés des Pyrénées. Sur les routes épouvantables, des ânes étiques tiraient des charrettes vides. Les gardes civils coiffés de leurs sinistres chapeaux mortuaires en cuir bouilli, le fusil à la bretelle, marchaient de conserve de chaque côté du chemin. Les bodegas servaient trois olives, une omelette calcinée, un vin amer et j'avais l'impression de dévaliser le village. Toute l'*alegria* de Pampelune se dissipait comme un mirage dans cette province aride et oubliée de l'Espagne. A vingt à l'heure entre les nids-de-poule, j'ai vécu là un isolement total, aussi tragique que si je traversais un désert. Devant tant d'hostilités, me revenaient des bribes des Mémoires du général baron de Marbot : la haine qui poursuivait les Français, la boucherie du siège de Saragosse. J'aurais voulu relire les trois volumes de Marbot, les Cahiers du capitaine Coignet, les récits de la guerre civile qui avait brûlé les églises, ravagé les monastères, rempli les charniers des fosses communes. On voyait encore les traces du dernier ratissage de 1939, la retraite misérable de l'armée républicaine poursuivie par les franquistes. Cette Espagne-là existait aussi, mais elle ne portait pas de fleurs dans les cheveux, de jupons de dentelles et on n'y grattait pas la guitare. La sauvage beauté de la sierra de la Pena, de la sierra de Guara apportaient la note grave sans laquelle une nation pittoresque n'est qu'une prostituée à touristes. Aux abords de Lerida, le paysage adouci s'humanisait. Je traversai Barcelone en me bouchant les oreilles pour ne pas succomber aux sirènes de nuit du Bario Chino. Longer la Costa Brava était encore un délice dont les promoteurs immobiliers nous ont, depuis, privés, et Cadaquès était un blanc port de pêche blotti au fond de sa grande baie noire et bleue. Au nord, de l'autre côté de la colline qui les sépare, Port Lligat est un choc à peine croyable. Après tant de golfes heureux, de pinèdes descendant jusqu'à la mer, de falaises rouges, surgit une anse aux parois déchiquetées, à l'eau plombée. Par temps gris, c'est un paysage tragique dont le silence vous tombe dessus comme une chape. Les collines qui l'enserrent sont nues, sans un arbre, et la seule note éclatante est la maison de Dali qu'il a bâtie par morceaux juxtaposés comme un jeu de cubes au bord de l'eau où nagent (où nageaient) deux cygnes.

Dali ne s'inquiétait pas du tout de mon retard de dix jours. A Port Lligat, il vivait dans l'exaltation du travail et la joie d'avoir retrouvé, après les séjours à New York et à Paris, le seul pays qu'il aimait. Ici se pose une humble difficulté : à l'heure où je corrige ce livre (avril 1985) Dali est toujours vivant, mais on sait bien qu'il ne peint plus, que l'être hébété et sans forces poussé dans un fauteuil roulant par une infirmière est l'ombre du Dali fracassant et caustique qui a fait bouger la peinture de son temps. Il a failli griller dans un étrange incendie dont il n'est sorti vivant que par miracle. Guéri de ses atroces brûlures, il a encore donné une interview d'une parfaite lucidité, avant de s'enfermer dans un silence qui lui ressemble bien peu. Distillées au compte-gouttes par son entourage, les nouvelles de son équilibre mental sont peu crédibles. Dans *La Bouche du temps*, Julien Green qui connaît bien Dali et a été un des tout premiers à le soutenir, cite Gertrude Stein : « Je me demande s'il est vraiment ce qu'il prétend être, s'il est aussi irréel qu'il le laisse croire ou si le mystère chez lui n'est qu'une habile simulation. » Et, ajoute Green, elle compare son cas à ceux dont l'Église hésite à dire s'il s'agit de sainteté ou d'hystérie.

Parler de lui au passé c'est déjà l'enterrer, et parler de lui au présent est un rien cruel, mais peut-on l'évoquer sans s'interroger sur un malade qui se survit et pose sa signature sur des feuillets blancs que d'autres rempliront de gribouillis et de taches daliniennes ? Une exposition à Perpignan a déclenché un scandale : soixante-dix des toiles et des dessins exposés étaient des faux ou des épreuves refusées. Il y a six ans, me promenant à Milan dans la Via degli Omenoni, je tombai en arrêt devant la vitrine d'une galerie de gravures et de lithographies. A en jurer — et bien que ce fût son esprit — tout était faux, sauf sa signature. Il apparaît maintenant (1985) que même sa signature est fausse sur une série de lithographies tirées aux États-Unis d'après ses illustration d'*Alice au pays des merveilles*. Dans *Libération*, Jean-François Fogel pose très justement la question de savoir s'il s'agit d'authentiques faux Dali ou de vrais Dali falsifiés. Le peintre lui-même a, en 1985, avoué à un journaliste d'*El Pais* qu'il a souvent signé des feuilles en blanc.

Qui a poussé à un tel avilissement un homme si respectueux de son art ? Ce n'est pas mon problème, mais, à la mort de Dali, un grand ménage de son œuvre s'imposera. Je préfère penser à lui dans cette période de 1950 à 1965, quinze années pendant lesquelles il peignit ses plus belles toiles : *Le Christ en croix, La Cène,* et *La Madone de Port Lligat* où s'expriment son lyrisme et son mysticisme avec une rigueur qui l'impose parmi les grands peintres de l'histoire de l'art...

A mon arrivée tardive, il était sur la terrasse, en espadrilles, pantalon de marin et veste de smoking sur une chemise ouverte. Ses moustaches d'habitude dressées comme deux crocs agressifs retombaient joyeusement aux coins de la bouche et de longs cheveux noirs folâtraient autour de sa tête. Il n'y avait plus rien en lui de fabriqué. Les séjours à Port Lligat le libéraient de cette continuelle représentation qui est la chose que je lui reproche le plus, où le pire mauvais goût l'a emporté sur de réelles trouvailles. Tout de suite, il me montra les deux toiles auxquelles il travaillait : une *Tête raphaélesque éclatée* et sa *Madone de Port Lligat.* Sur une console se dressait une peinture très académique, une reproduction à l'huile de l'Hermès de Praxitèle mollement couché et environné de petites billes vertes. Il m'expliqua que, puisque le rôti de veau aux petits pois était un excellent plat, il ne voyait pas pourquoi un Hermès aux petits pois ne serait pas aussi excellent. Nous bûmes un anis dans le jardin à cette heure où une poignante mélancolie descend sur la baie de Port Lligat. Un enfant passa entre nos jambes, courant et semant des pétards.

— Il faut lui pardonner, dit Dali, c'est l'enfant Jésus, un vrai petit diable. Sauf quand il pose pour moi.

Peu après apparut Gala, regard inquisiteur, visage fermé. Elle se détendit quand je me présentai, mais nos rapports ne furent jamais agréables ni cette fois-là, ni dans les années qui suivirent. A Paris, un jour, une amère confidence lui échappa devant moi.

— Si Dali meurt, je me trouverai à la rue, sans même une toile à vendre pour vivre.

Paix à ses cendres maintenant qu'elle est morte après de difficiles dernières années où sa raison vacillait. Le grand amour clamé par Dali m'a toujours paru une affaire publicitaire et j'ai du mal à y croire, pas plus que je n'ai cru aux noces littéraires d'Aragon et d'Elsa Triolet qui se jalousaient copieusement. La mort d'Elsa libéra Aragon de la façon que l'on sait. La mort de Gala n'a pas atteint un Dali sénile devenu le jouet de son entourage. Quittée par Éluard autant qu'elle le quitta, Gala avait misé sur ce jeune artiste dont elle accéléra la paranoïa au risque calculé de le rendre fou, bien qu'il ait souvent affirmé que la différence entre un fou et lui, c'est qu'il n'était pas fou.

Au cours des quelques soirées passées avec lui à Port Lligat, dans les années 50, je l'ai vu et je l'ai entendu parfaitement sain d'esprit, plein d'un humour et d'un bon sens typiquement catalans. En mon honneur — et j'y étais très sensible — il coupait moralement ses moustaches, mais il suffisait que Gala apparût pour que s'installât une gêne qui le mettait sur ses gardes en même temps qu'il se croyait obligé de mimer sinon la folie du moins l'irrationalité. Le coup de l'Hermès aux petits pois me faisait sourire. Plus loin, je ne marchais pas.

Le soir Gala disparaissait. Elle pêchait de nuit dans une barque à lamparo amarrée sous la maison en compagnie de deux jeunes marins. Tout le monde savait. Dali semblait indifférent. La barque éloignée, nous dînions de petites langoustes délicieusement grillées dans leurs « armures ». Il brandissait les pattes, louant le divin architecte du monde d'avoir si bien défendu la chair savoureuse des langoustes contre les requins voraces. D'une exceptionnelle gaieté à ces moments-là, il amorçait des conversations de salle de garde, prudent d'abord, puis voyant que je marchais et répondais, il délirait à plaisir. Ainsi toute une soirée, après avoir fait jouer un vieux disque d'enregistrements de pets, il partit sur un savant classement de leurs causes, de leurs origines, de leurs différentes valeurs suivant les classes de la société. C'était, dans le sérieux, d'une drôlerie irrésistible. Au moment de nous quitter, il me remit le petit livre dans lequel il avait, en partie, puisé sa science : « L'art de péter, ou Manuel de l'artilleur sournois, par le Comte de la Trompette, médecin du cheval de bronze ». Le livre, sans date, avait dû paraître au XIXe siècle. L'éditeur n'en tirait pas gloriole et se cachait sous un pseudonyme : « Grosse Tonnette, la belle timballière » et se domiciliait à Montcuq, dans la Guyenne. Je le lus dans la soirée et proposai à Dali de le publier en appendice du *Journal d'un génie,* ce qui lui parut une excellente idée. Une autre fois, je lui suggérai une correction qui le laissa d'abord pensif. Il avait écrit, à propos de bottes, que les géomètres sont tous des impuissants.

— Je n'ai pas d'ami géomètre, avais-je dit, et ce n'est pas pour cela que j'élève une objection, mais votre affirmation est trop péremptoire et nous risquons de nous aliéner le syndicat des géomètres qui, lui, est peut-être puissant et interdira à ses adhérents d'acheter votre livre.

— Les géomètres achètent beaucoup de livres ?

— Ça, je ne sais pas, mais si peu que ce soit, c'est un danger à courir.

— Ne le courons pas et écrivons simplement que les géomètres bandent peu.

Dont acte. Toutes nos conversations n'étaient pas de ce goût-là. Nous parlions aussi de Vélasquez et de Millet qui commençaient à l'obséder, des béquilles, des brouettes, de la gravitation et de la transparence, mais toujours avec cet humour impavide qui était le sien et qu'on retrouve chez beaucoup d'auteurs espagnols comme Unamuno et Fernandez Florès.

Tard dans la nuit, de ma chambre d'hôtel qui était la seule maison autorisée à Port Lligat, j'entendais le teuf-teuf de la barque ramenant

Gala et ses deux amis. Si les soirées nous délivraient de son oppressante présence, dans la journée, elle était toujours derrière une porte, apparaissant le regard sombre et hostile. On s'attendait à être fouillé à la sortie. Dali, en vrai artiste, était d'une générosité que Gala combattait férocement. Une signature, oui d'accord, mais voir partir un dessin lui arrachait les tripes. Dali se le tenait pour dit, refrénant les élans de son cœur ou ne donnant qu'en cachette.

Je revins plusieurs fois à Port Lligat dans les années qui suivirent. Devant le succès remporté par *La Vie secrète,* il m'avait fait confiance et je préparai pour lui *Les Cocus du vieil art moderne* que Jean-Claude Fasquelle publia dans sa collection de *Libelles* dirigée par François Michel, puis le *Journal d'un génie* qui parut de nouveau à La Table Ronde. Ce sont, à mon avis, les plus significatifs écrits de Dali auxquels je me suis contenté de donner une forme. Son sens de l'absurde, son intelligence, ses dons d'observation y éclatent. Il a joyeusement raconté l'assez somptueuse aventure de sa vie d'artiste.

A Paris où il descendait toujours à l'hôtel Meurice, je ne reconnaissais plus mon Dali. Les visiteurs faisaient la queue dans le couloir. Il donnait des conférences de presse où, d'année en année, je sentais défaillir la qualité de ses excentricités. Il ne faisait plus rire, et à la télévision ou à la radio j'ai souffert de voir cet homme si exceptionnel se laisser ridiculiser. Qu'avait-il besoin, ce grand peintre, de s'afficher avec un travesti ? Était-ce pour lui, comme ce le fut pour Aragon, l'heure des ambiguïtés ? Elle venait bien tard. J'aurais aimé lui parler comme nous le faisions à Port Lligat en bataillant contre les « armures » des langoustes, mais on ne l'atteignait plus. Félix Labisse, qui a été son ami le plus fidèle et le plus efficace, voulut que Dali fût membre associé de l'Académie des Beaux-Arts. Élu facilement, Dali se commanda un bel habit vert et fit exécuter d'après ses dessins une épée de géant. Le jour de sa réception, je le retrouvai dans la bibliothèque de l'Institut où il est de règle que les Académiciens se réunissent avant les séances solennelles. Il était là, grossi, emprunté, et, au fond, intimidé par l'apparat de la cérémonie. Je lui donnai un fort « abraço » qui lui fit craindre pour ses moustaches cirées.

— Pourquoi ne les coupez-vous pas ? lui dis-je. Il est tout à fait temps.

Il me regarda d'un air effaré. Son sens de l'humour l'avait quitté. Tony Aubin le reçut avec un discours pénétrant et chaleureux, des citations dans lesquelles je reconnaissais avec plaisir ma collaboration. Nous les avions, Dali et moi, peaufinées depuis des années. Gala était dans la salle en robe pourpre. Dali n'avait pas voulu écrire son remerciement et prétendait l'improviser. Ce fut plutôt pitoyable, décousu, avec des passages à vide qui faisaient mal au ventre. Il essaya, sans y parvenir, de s'accrocher au mythe de *Gala rediviva*, mais bafouilla tant qu'on n'y comprit rien. Parlant de son épée dont les motifs symbolisaient sa vie d'artiste, il voulut la brandir pour la montrer au public, mais n'en eut pas la force. Un huissier la souleva pour lui.

Je ne l'ai plus rencontré depuis sinon par ces cruelles photos prises à la sauvette où on le voit dans un fauteuil roulant, hagard, tristement déchu. On dit qu'il travaille encore. Je n'y crois guère. Si assez de lucidité lui restait, il ferait détruire ce qui nuit à son œuvre véritable : ces portraits de magnats américains, bâclés à New York d'après une photo, ces lithographies et ces eaux-fortes réalisées par de merveilleux artisans mais dont il n'est pas l'auteur. Son œuvre bibliophilique n'a pas de valeur pour les vrais amateurs, à la différence de celles de Picasso, Braque ou Derain. Restent ses grandes toiles, d'admirables dessins qui suffisent amplement à sa gloire. A l'affût des idées, jamais des modes, il a su mettre du génie dans sa vie. Ses propres inventions l'ont souvent dépassé, s'organisant sans qu'il en prît soin. Scandaleux comme beaucoup de timides, il a bousculé son époque, ses contempteurs et ses admirateurs. Affichant une passion pour Meissonier, Bouguereau ou Millet, il est pourtant constamment sorti des sentiers battus. Beaucoup de ses farces sont devenues réalités. Un jour, je trouvai dans *France-Soir* un article racontant qu'un boulanger venait de cuire un pain de dix mètres. Le lendemain, Dali débarquait à Paris et, comme il devait passer à la télévision, je lui apportai avant l'émission le numéro du journal qui l'enchanta. Depuis des années, il ressassait cette idée d'un pain immense qu'un gouvernement cynique déposerait la nuit dans une grande artère de la capitale sans prévenir personne, provoquant la stupeur indignée ou abrutie de la foule qu'il s'agissait de crétiniser pour mieux la commander. Dali arrivait, imprévu, et la veille un boulanger qui ignorait tout de lui avait cuit son fameux pain. La réalité dépassait ses délires.

Cet homme avait des racines et des antennes. Racines plongées profondément sous terre où elles cherchaient tout ce que l'Art a produit de « succulent » (pour employer un de ses mots préférés) en quarante siècles de peinture, de sculpture et d'architecture. Antennes dirigées vers l'avenir qu'elles humaient, prévoyaient avec une foudroyante rapidité. Je n'ai jamais beaucoup cru à sa culture scientifique et littéraire, mais Dali, doué d'intuition, saisissait à une vitesse sidérante l'essence des choses, d'où sa passion pour l'A.D.N. et l'atome que sa peinture transcendait, avec une certaine fantaisie, il faut le dire. Dans ses illustrations de *Don Quichotte,* il a fait appel à la force centrifuge, à la gravité, à la balistique et au tout-puissant hasard. Ses dessins originaux si bien transposés sur la pierre par Mourlot sont animés d'un mouvement superbe. C'était un faux anarchiste épris de la règle d'or qui est l'élixir de vie d'une œuvre. Dommage qu'il n'ait pas un jour coupé ses moustaches quand il en était encore temps. C'est alors qu'il aurait étonné tout le monde.

III

Toute vie a droit à sa face cachée. Je n'ai guère montré cette face cachée dans ce qui précède. On n'aura vu qu'un jeune homme nomade en liberté au volant de sa voiture de sport, roulant sur les routes de France et d'Espagne après un long séjour aux États-Unis. Une année, il gagne suffisamment à la roulette pour passer un été au-dessus de ses moyens et couvrir de menus cadeaux une jeune fille espagnole dont le vocabulaire et l'accent l'enchantent. Une autre année, lui tombe sur la tête un prix littéraire inconnu et d'ailleurs sans lendemain. Au passage, il revoit B. dans un jardin fleuri de magnolias et devine qu'elle revient à lui après un temps d'affectueuse séparation. Un peu plus loin échoue une dernière tentative pour reconquérir la jeune fille espagnole à Saint-Jean-de-Luz, mais il semble s'en consoler assez vite et rejoint Salvador Dali à Port Lligat où s'écoulent d'intéressantes soirées à parler peinture, monarchie et pets pendant que

Gala enseigne, à la lueur d'un lamparo, la gymnastique à de jeunes Catalans. Pourtant, en y réfléchissant, j'ai passé bien plus de temps dans mon existence à travailler qu'à courir les routes, mais si je comptabilisais les heures à ma table, je ne trouverais en bas de l'addition que les livres qui en sont le fruit. Une vingtaine au plus. Ce n'est pas excessif. On ne doit pas abuser de la permission de publier. Si peu que ce soit en près de quarante ans d'écriture je pense avec plaisir aux journées de travail. Les premières furent certainement les plus heureuses. Je n'ai pas souvenir de longues batailles avec les mots lors de mes débuts. Sans doute parce que le journalisme contraint et habitue à écrire vite sur une matière donnée, sans doute parce que, pour mes premiers livres, j'avais plus à faire avec l'imagination et la sensibilité. Au fil des ans, l'imagination refroidit et la sensibilité durcit. Le langage, qui n'était qu'un moyen, a tendance à devenir une fin, même une fin en soi. On s'est enrichi pour découvrir qu'on s'appauvrit et que la création passe par un autre stade. Il y a peut-être un moment d'équilibre parfait pour un écrivain quand sa faculté créatrice est encore impulsive, que les mots qu'il trie prennent une valeur sacrée et qu'il se met à en inventorier le contenu exact, à en caresser la musique. La maturité engendre le doute. Un jeune écrivain matelassé de dictionnaires et de manuels du bien écrire est un futur fruit sec. Il prend le problème à l'envers et a des chances d'étouffer l'expression avant même qu'elle soit née et qu'il l'ait identifiée. Il n'écrira rien d'autre, ou si, par hasard, une critique bienveillante l'a encouragé, il se répétera avec une complaisance vite intolérable. Trop tôt il a maîtrisé un langage que la vie n'irriguait pas. Plus tard... c'est une autre affaire. La conscience de soi, le jugement, le discernement prennent le pas sur l'imagination. Les idées pour s'imposer ressentent le besoin aigu d'une forme. Tout ce que l'on croyait savoir est oublié au nom d'une autre expérience plus réfléchie et personnelle. Entre-temps un homme est né. Kléber Haedens disait qu'il faut une sacrée dose de naïveté pour entreprendre un roman.

On ne continue pas d'écrire sans un signe d'amitié. Ce signe me vint de Charles Orengo qui avait bien joué des coudes chez Plon et s'était fortement installé dans le fauteuil de directeur littéraire. Il essayait de secouer la poussière de la vénérable maison Plon et y parvint un moment, puis fut victime des mêmes machinations qui lui avaient servi à éliminer un certain nombre d'actionnaires accrochés à une routine dont rien ne semblait devoir les sortir. Des lacunes graves desservaient malheureusement ses profondes qualités. Il était de ces éditeurs qui chouchoutent leurs auteurs en gestation, les encouragent avec passion, s'occupent jusque dans les plus minutieux détails de la naissance de leur livre, et, soudain, quand la merveille tant espérée voit le jour, ne veulent plus en entendre parler. Dégrisé, l'auteur retrouve l'amère réalité : il n'était qu'un infime pion de l'échiquier littéraire, et Orengo le trompait déjà avec le suivant, auquel, à son tour, il faisait miroiter un des grands prix littéraires de l'année, jouant ingénument sur la qualité du roman et le calcul des probabilités : Plon depuis le Goncourt d'Henri Troyat en 1937 n'avait pas eu droit à un prix. C'était donc, comme à la roulette, bientôt mon tour. Ce tour ne vint jamais, sans d'ailleurs qu'Orengo en conçût d'amertume. Il voyait plus loin, ne se doutant pas que la conspiration si bien ourdie pour moderniser Plon se retournerait un jour contre lui. Quand, en 1960, il découvrit qu'on le poussait dehors, nous vîmes un homme terrassé par la foudre. Sa femme, compagne timide et effacée de son ascension, venait de mourir et il avait consacré en vain dix ans de sa vie à redonner du lustre à une maison qui le congédiait comme un laquais indélicat pour le remplacer par une sorte de gigolo qui finit peu après en prison.

Frémissant, passionné, bourreau de travail, dès six heures du matin à son bureau, Orengo dans les années 50 croyait tout tenir en main par sa frénésie. Qu'un texte lui plût, et il le lisait à haute voix aux visiteurs de la journée qui, venus se faire aimer, repartaient sans avoir pu placer les mots magiques : « Une petite avance sur mes droits d'auteur m'aiderait bien. » Ses éclats de voix réveillaient la maison endormie où, en voisin, puisque j'habitais rue Férou, à vingt pas, je passais à peu près tous les jours, cueillant quelques livres à lire, une prière d'insérer à rédiger, une traduction.

Dans les combles survivaient d'humbles servants de la littérature. Un des premiers à disparaître fut Georges Poupet, âme de Plon pendant trente ans et qui vivait dans une garçonnière sur la cour avec un salaire de misère. Ayant, un jour, dans un sursaut de dignité, demandé une augmentation, on lui avait répondu : « Une augmentation ? Ah oui, bien sûr, je vous augmente votre loyer. » A part Jean Variot, lent et silencieux et dont j'ai déjà parlé, les combles cachaient Henri Massis. Il ne devait être élu à l'Académie qu'en 1959, et vivotait alors de travaux obscurs dans un cabinet mansardé si glacial qu'il gardait son manteau, un cache-nez de laine autour du cou et restait coiffé de son grand chapeau à bords roulés. Je plaignais son nez rougi, ses mains engourdies par le froid. Compagnon de Maurras, il avait toujours gardé une certaine réserve à l'égard de la politique religieuse et de la politique étrangère de l'Action Française. Pendant l'occupation allemande, il avait vécu à Vichy, dans l'ombre du pouvoir, collaborant avec Emmanuel Berl et Gaston Bergery aux proclamations et aux discours du maréchal Pétain. Autant dire que, si peu de temps après la Libération, il n'était pas en odeur de sainteté. Aussi policé qu'ennuyeux, il avait pourtant eu le goût sûr en littérature : intime de Péguy, Barrès, France, Psichari, Alain Fournier et Bainville. Un des premiers, il avait salué les jeunes talents de Radiguet, d'Aragon, puis de Bernanos, Delteil et Julien Green. En parlant avec lui dans sa soupente on ouvrait une tombe d'où sortait une voix mélancolique rendue sifflante par un mauvais dentier. On lui confiait d'ingrats travaux — une réédition de Barrès, des notes de lecture et des présentations de texte — et il récrivait pour la trois ou quatrième fois de vieux essais sur Bossuet, Pascal et Renan qui finirent par paraître en volume : *Visages des idées,* mais chez Grasset en 1958, Plon ayant refusé à son vieux collaborateur cette ultime joie. Comme je m'étonnais un jour qu'il travaillât dans un si cruel inconfort, il m'avoua : « Ma vie privée est un enfer. Je suis mieux ici », seule parole amère que j'ai entendue de cet homme soutenu par une foi discrète et habité selon le titre d'un de ses livres par le goût et *L'Honneur de servir*.

Dans la soupente voisine vivait l'archiviste et correcteur de la maison, petit personnage sec, serré dans un costume étroit, le cheveu gris en bataille. Ses archives rappelaient le prestigieux passé de Plon : une rangée de mémoires qui allaient du pire au meilleur et racontaient l'histoire de France depuis le début du XIXe siècle. Comme on faisait rarement le ménage et que régnait sous ces combles une humidité mortelle, les volumes couverts de poussière, mangés par les champignons, jaunissaient à vue d'œil. Tout le monde se servait sans scrupules et quand Jacques Laurent, préparant son pamphlet *Paul et Jean-Paul* voulut consulter quelques livres oubliés de Bourget, il ne trouva que des étagères vides. Assis devant une table branlante, l'archiviste-correcteur manifestait, par des grognements et des coups de poing sur la table, son peu de goût pour les nouveaux romanciers amenés par Orengo. Les crudités — les mauvaises mœurs surtout — le scandalisaient et toute liberté d'écriture l'irritait au plus haut point. Confiné dans ses humbles fonctions, il se prenait pour la conscience de Plon. Les rageurs traits de crayon rouge sur les épreuves avaient quelque chose de si désespéré que je m'arrêtais parfois pour lui dire un mot auquel il répondait par des bougonnements incompréhensibles, peut-être : « Rendez-moi Bourget ou Barrès. » Je n'ai jamais su à quel âge il était arrivé rue Garancière, mais on pouvait imaginer, à la manière d'Alphonse Daudet, le roman d'un jeune homme pauvre, fort en orthographe, entrant par la petite porte dans une maison alors prestigieuse dont il espère gravir les échelons, mais que, par son incapacité à briller, son manque d'aisance et son agressivité maladroite, les événements ont enfermé dans une fonction dont il ne ressortira que par le même portillon entrouvert quarante ans auparavant. Injustice déchirante et nécessaire, car que seraient nos livres si de méticuleux et probes serviteurs des lettres ne sacrifiaient leur vie, leur vue et leur savoir — souvent très grand — à relever les fautes de ponctuation, les erreurs de dates, les inévitables solécismes, les répétitions qui échappent toujours aux auteurs, quoi qu'ils y fassent, même après dix assommantes relectures.

Comme dans toute ancienne maison qui a évolué en circuit fermé, la rue Garancière cachait son contingent de vieilles filles marinées dans la plonerie, vierges desséchées mais mariées mystiquement à ces êtres volages et passagers que sont les auteurs. Une tempête soulevée par Orengo en dispersa un lot que remplacèrent de jeunes, jolies et gaies secrétaires. Un peu d'air circula. Seule demeurait au service de presse une inconsolée qui savait par cœur son annuaire des journaux et possédait sur le bout des doigts le secret de mille petites récompenses littéraires, provinciales ou parisiennes qu'elle attirait sur la tête de ses auteurs préférés. Elle n'avait qu'un inconvénient — mais grave pour une attachée de presse — elle était sourde, ce qui donnait lieu à une infinité de malentendus et limitait sérieusement son champ d'action. On lui adjoignit plusieurs fois de prestigieux attachés de presse dont elle eut facilement la peau. Un jour où, en conseil de direction, on parlait d'augmenter le budget du service de presse et de publicité, quelqu'un — je n'avouerai pas qui — suggéra d'abord l'achat d'un appareil auditif pour notre chère vierge et martyre. La proposition tomba dans le vide soit qu'elle engageât un investissement exagéré, soit qu'elle parût l'amorce d'une révolution technique à laquelle la maison n'était pas encore préparée.

Si, au premier étage, à part les grognements du correcteur régnait un silence sépulcral, en revanche, au rez-de-chaussée, la voix forte et teintée d'un léger accent du Midi de Charles Orengo imposait un rythme nouveau. On n'alla pas jusqu'à repeindre ou tapisser les bureaux, mais de petites améliorations allégèrent le travail. Par exemple, il ne fut pas nécessaire de faire signer un bon par la direction générale pour obtenir une gomme ou un crayon. Les colonnes du temple tremblèrent, mais résistèrent. A l'actif d'Orengo il faut compter trois faits importants : la collection « Ceram » qui satisfaisait le goût du public pour la vulgarisation archéologique et scientifique, la passionnante collection « Terre Humaine » que dirige toujours Jean Malaurie, la collection « Tribune Libre » qui fut un grand succès et où se confrontèrent les personnalités et les idées les plus opposées : Jacques Soustelle contre Raymond Aron, Maurice Schumann contre Mitterrand, Michel Debré contre André Philip... il fallut créer des sens interdits dans les couloirs, disperser les auteurs dans des salles d'attente différentes. Mais l'événement, le grand, celui qui allait redonner à Plon sa stature d'éditeur, c'était les *Mémoires* du général de Gaulle. A défaut de moyens, toute la force de persuasion de Charles Orengo avait été nécessaire pour que le Général décidât de préférer Plon à, je crois, Hachette et peut-être Flammarion ou Fayard. Sans doute le Général fut-il sensible au fait que Plon publiait sous la célèbre couverture bleue non seulement Churchill, mais la plupart des hommes politiques de la Première Guerre mondiale, Clemenceau et Poincaré entre autres.

Pour le lancement, Orengo se surpassa et sut faire de la parution des *Mémoires* un événement national et même mondial à un moment où le Général, en pleine « traversée du désert », semblait appartenir à un passé que les politiciens de la IVe République ne souhaitaient pas remuer. Est-il besoin de préciser qu'en ces jours-là, il était préférable de ne pas publier un roman chez Plon ? Du haut en bas, la maison se mobilisait au service de son nouvel auteur. Orengo était partout : à la radio, à la télévision, recevant dix journalistes chaque matin, distillant les nouvelles avec une rare sagacité suivant le tirage des journaux, lisant à ses secrétaires, à tout visiteur de bonne volonté des pages entières du Général.

Sous la verrière de Plon, il trompettait l'étrange réincarnation, en un seul homme, de César, Machiavel et Chateaubriand. En toute justice, il faut ajouter que le Général était, bien que refusant les interviews, un auteur facile et bienveillant, familier avec Orengo dont il appréciait la fougue, et d'une grande courtoisie avec le menu peuple des adorateurs.

Derrière cette puissante locomotive, les romanciers faisaient pauvre figure. Nous étions les danseuses de l'austère maison qui, après une période de décrépitude, retrouvait du lustre. A part Julien Green qui traversait, impavide, ces révolutions de palais et donna en 1952 un de ses plus beaux romans, *Moïra,* Henri Troyat qui fit un rapide retour avec *Les Semailles et les Moissons,* et Marguerite Yourcenar dont les *Mémoires d'Hadrien* furent un immense succès grâce à l'acharnement d'Orengo, à part ces exceptions, la littérature traînait plutôt la patte. Non pas qu'on publiât de mauvais romans, mais simplement, la critique s'y intéressait peu et les jurys de fin d'année pas du tout. A Paris, ces choses-là se savent vite. Ne se réfugiaient chez Plon que ceux qui avaient échoué ailleurs. J'en étais d'ailleurs un exemple parfait encore que comptassent beaucoup pour mon plaisir l'affabilité de Maurice Bourdel, son P.-D.G., l'atmosphère vétuste, le cérémonial de l'entrée. Combien de fois ai-je admiré, sous sa cloche de verre, la petite presse à bras offerte au Prince Impérial par les « fils de Plon et Nourrit » ou jeté un coup d'œil à la caissière de l'entrée qu'on disait être la sœur de Raymond Radiguet? Prenant le téléphone, Orengo se présentait : « Allô, ici Charles Orengo, directeur de la Librairie Plon... » selon la vieille dénomination de la maison. Pour tout avouer, je souhaitais même qu'on habillât mes romans avec la traditionnelle couverture jaune d'or qui occupa tant de rayons dans la bibliothèque de mon père. Les novations — pas toujours heureuses — inquiétaient et la couverture des œuvres romanesques apparaissait comme une erreur évidente à la devanture des librairies. Quand Orengo s'en fut convaincu, on revint aux couvertures blanches rayées rouge et vert qui habillaient Bernanos, Brasillach, La Varende et tant de succès d'avant-guerre.

Qui lisait en dehors de Jean Variot et de Georges Poupet? Je ne sais plus trop, mais Orengo, malgré sa boulimie de travail, ne pouvant suffire à la tâche, engagea Henri Hell qui rédigeait une excellente page hebdomadaire de livres dans *Arts*. Avec Guy Dupré et Claude Elsen ils formaient un comité de lecture auquel je collaborais parfois, mais de l'extérieur, avec l'injuste répugnance, pour ne pas dire l'allergie que j'ai gardée à l'égard des manuscrits dactylographiés, ces infects dossiers remplis de feuillets froissés, raturés, cornés, déjà parcourus par dix lecteurs peu soigneux et renvoyés automatiquement par l'auteur à un nouvel éditeur qu'il sollicite en dernier recours. Ces piles de manuscrits entassés sur le bureau de Michèle Broutta me soulevaient le cœur. Pourtant un jour, sur une chemise jaune qui attendait un lecteur depuis une semaine, je lus un joli titre : *Bonjour Tristesse*, à l'intérieur le nom de l'auteur, Françoise Quoirez, et une indication plutôt rare : elle avait dix-huit ans. Le roman racontait une histoire simple, en demi-teinte, joliment écrite, avec des personnages de leur temps, c'est-à-dire déjà de l'après-sartrisme : désinvoltes, légers et mélancoliques, libres de leurs corps. Nul ne pouvait douter, dès la première page, que l'auteur avait une voix, chantonnait avec un précoce talent. Un jour, peut-être, elle s'exprimerait plus gravement. Je rapportai à Orengo le manuscrit lu dans la journée avec une note suffisamment chaleureuse pour éveiller sa curiosité. Et puis l'auteur avait dix-huit ans ! Comment ne pas espérer recommencer le coup de Grasset avec Radiguet ? Orengo qui se noyait dans les détails et perdait un temps fou avec des crayons rouges, bleus et verts à commenter des manuscrits, des notes de lecture et de fabrication, à établir des organigrammes qu'il était le premier à ne pas respecter, laissa tout tomber et lut le manuscrit dans la soirée. Le lendemain, il téléphonait : une petite voix avec, me dit-il, un léger zozotement, lui répondit :

— Merci beaucoup, mais j'ai signé hier avec Julliard.

Elle avait déposé son manuscrit un mois auparavant chez Julliard et, naïvement, n'ayant pas de réponse au bout de quinze jours, en avait laissé un deuxième exemplaire chez Plon. Personne n'avait de reproche à se faire, ni Julliard qui répondait toujours dans le délai d'un mois, ni Plon qui, malgré sa lourde machinerie, avait cependant été le plus prompt. Comme à cette époque-là je travaillais à *Match*, je racontai l'histoire mais personne n'y prêta intérêt, et le « scoop » fut perdu. Six mois plus tard, Françoise s'était donné le joli nom de Sagan, avait reçu le Prix des Critiques et voyait le tirage de *Bonjour Tristesse* monter dans des proportions fabuleuses. Alors *Match* la découvrit et m'envoya l'interviewer. Elle passait ses vacances en famille, près d'Arcachon. Le succès ne lui tournait pas la tête et ne la lui tourna jamais. Elle vivait là, avec Papa-Maman, une amie, et elle s'amusait comme les filles de son âge, dansait le soir, buvait un peu, apprenait à conduire sa Jaguar décapotable, écrivait de courts poèmes. Ce qui troublait en elle — à part son intelligent regard ombré de longs cils noirs, sa timidité et, non pas un zozotement comme l'avait cru Orengo, mais un fil sur la langue, une certaine façon de parler en baissant la tête et en fourrageant dans son épaisse tignasse blonde comme pour s'excuser d'avancer quelque chose qui lui paraissait pure évidence et ne le devenait pourtant qu'après qu'elle l'eut dit — ce qui troublait chez cette jeune fille de dix-huit ans, c'est que, simplement, elle avait tout lu et beaucoup compris. Non qu'elle l'étalât, bien au contraire, car elle se dérobait quand on la provoquait sur ce terrain, mais à un mot, une citation, quelques vers murmurés en s'effrayant elle-même de tant d'impudeur et d'impolitesse, on devinait que l'enfant si douée, mûrie dans les livres, ouvrait une fenêtre sur la vie et disait à la fois son plaisir d'exister et sa tristesse que tout ne fût pas exactement comme elle l'avait souhaité et rêvé.

La nouveauté, dans *Bonjour Tristesse* comme dans les romans qui suivirent, c'était un ton léger et mélancolique à l'exacte mesure de ce que la jeunesse découvrait alors, une douceur amère à la frontière de la résignation, une peinture lucide de caractères d'hommes et de femmes au fond assez proches de ceux que Colette avait si bien réussis dans quelques romans comme *Duo*, *Chéri*, *Gigi* où tout est délicieusement amoral. Mais de même qu'il est dommage que Colette ait prêté la ferme et voluptueuse beauté de son écriture à des personnages d'un demi-monde qui pue, il est dommage que Françoise Sagan ait pris de plus en plus les siens dans une bourgeoisie oisive ou occupée de métiers trop conventionnels que, de roman en roman, on voit s'enrichir comme son époque et vivre dans l'illusion de son importance. Milieu non pas vulgaire, mais commun, très artificiel je le crains et que d'ailleurs Françoise imagine d'après je ne sais quelles données car je la vois peu le fréquentant.

Après l'interview téléphonée de Bordeaux et qui parut dans *Match* à peu près telle que je l'avais écrite, sans avoir été « rewritée » et aplatie par un de ces colosses de la rédaction décorés du titre comique de « grand-reporter-écrivain », après cette interview, je la retrouvai à Paris et l'amitié qui est née alors a duré longtemps, dure encore j'espère, bien que nous ne nous voyions plus qu'épisodiquement, séparés par les distances et des vies différentes, mais je n'ouvre jamais un de ses nouveaux livres sans retrouver au détour d'une page une de ces notations qui appellent à la complicité des amis, même si le reste du roman intéresse peu. On entend sa voix, une voix qui n'appartient qu'à elle et qu'aucune de ses nombreuses émules n'a réussi à imiter. J'espère qu'elle ne se relit pas trop. A supposer qu'elle soit tentée de le faire un jour, je crains que, avec sa lucidité, elle se pardonne mal des histoires bâclées, une écriture souvent bien lâche. Peut-être lui a-t-il manqué avec tous ses dons le défaut qui chez les écrivains est une qualité : l'ambition. L'ambition sans laquelle une œuvre se défait d'elle-même, retombe après des floraisons de plus en plus pauvres dans un terreau desséché.

J'ai peut-être été injuste en écrivant qu'Orengo — en cela semblable à beaucoup d'éditeurs qui vivent fiévreusement dans l'avenir et très peu dans le présent — se désintéressait d'un livre au moment de la mise en vente. En dehors des grandes locomotives, Green, Troyat, Yourcenar ou de Gaulle au service desquels il mettait en œuvre toute la logistique de Plon, il s'acharna au moins sur deux auteurs : Christine de Rivoyre et moi. Christine venait de quitter *Le Monde* pour entrer à *Marie Claire* où je la rencontrai. Nous naviguions dans un tel océan d'intrigues, de coups fourrés et d'hypocrisie, qu'il n'était pas difficile de s'entendre, timidement d'abord, puis avec de plus en plus de franchise. Ainsi, un matin que nous buvions un café à la terrasse de la Belle Ferronnière, elle avoua un roman. Non sans un peu de tristesse. Il avait été refusé par je ne sais plus quel éditeur et un ami, après l'avoir lu, lui conseillait vivement d'en faire des papillotes. On peut être excellent journaliste et médiocre romancier, ou bon romancier et mauvais journaliste, mais je ne sais quoi dans sa personne, son intelligence, sa sensibilité et sa cocasserie me disait qu'elle ne pouvait pas avoir écrit un mauvais livre. Malgré ma répugnance pour les manuscrits, je lus *L'Alouette au miroir,* fine et émouvante histoire qui se passait dans les milieux de la danse que Christine connaissait mieux que personne. C'était beaucoup plus qu'un début et une promesse, c'était l'assurance qu'elle savait voir et vibrait avec beaucoup de grâce. Sous les personnages de la fiction on reconnaissait les danseurs dont l'apparition, dans les années d'après-guerre, avait été un des bonheurs de Paris : Nathalie Philippart et Jean Babilée, Zizi Jeanmaire et Roland Petit. Orengo qui avait parfois la manie de s'entourer de conseillers extraordinaires qui flattaient en lui un soupçon de snobisme, fit lire *L'Alouette* à une sorte de Russe qui se piquait de balletomanie. Le verdict était mauvais. Il y eut une petite bataille et le roman parut quand même en 1955.

Tous les ans surgissent des centaines de premiers romans sans lendemain, mais, dans quelques-uns, un œil et une oreille avertis décèlent, malgré les imperfections et les maladresses du récit, le germe des romans qui suivront : Marcel Aymé salua *L'Europe buissonnière* de Blondin, Aragon *L'Eau grise* de Nourissier, Mauriac *Une curieuse solitude* de Sollers. Christine eut pour elle un fervent article d'Émile Henriot dans *Le Monde*. La critique emboîta le pas. Le second roman, *La Mandarine*, confirma ce qu'on attendait. Le livre parut au Club des Éditeurs et j'eus la chance de le préfacer. Tant pis si je me cite, avec l'impression que je ne la décrirai pas mieux aujourd'hui. Elle n'a pas changé :

« Chère Christine de Rivoyre,

« Vous ne mesurez qu'un mètre cinquante, mais il n'est pas besoin de beaucoup vous connaître pour savoir que vous êtes quand même une grande personne, avec de beaux yeux d'Andalouse, une pointe d'accent de Bordeaux quand vous parlez trop vite, une autorité d'homme que vous tirez de votre métier de journaliste, vite corrigée par une confiance toute féminine. Vous aimez les fleurs et le soleil. Ne craignant aucun lieu commun, je dirai que c'est le signe d'une âme qui n'a pas grand-chose à se reprocher. Souvent des amis qui vous ont lue me parlent de vous. Vous êtes de ces auteurs qu'on aimerait deviner entre les lignes. Ils veulent savoir qui vous êtes et je ne sais que répondre : " Christine de Rivoyre ? C'est une gourmande. "

« Ils ne comprennent pas toujours. Ce n'est pas leur faute. Aujourd'hui on ne sait plus très bien ce que ce mot veut dire. On n'imagine plus les délices qu'il évoque. Il me semble que la gourmandise est un péché qui se perd, qu'autour de nous les êtres ont faim, mais sans discrimination, qu'ils mordent la vie voracement mais sans garder les meilleurs morceaux pour les dernières bouchées. La gourmandise est un art, la fleur d'une civilisation. En vous traitant de gourmande, je veux dire que vous êtes une artiste civilisée. Je ne parle pas des histoires que vous écrivez, non, je parle de vous, de cette petite personne véhémente dont les passions sont comme l'eau qui dort. Il n'est pas sans danger de les réveiller. Mais le jeu en vaut la peine : le feu d'artifice une fois tiré, vous éclatez de rire. Et le rire c'est tout de même ce que nous avons inventé de moins bête depuis la Création.

« Je vais vous dire une chose désagréable : vous êtes d'une partialité révoltante et délicieuse. Avec ceux que vous aimez, bien entendu. Vous leur trouvez du génie, du cœur et jusqu'à de l'intelligence dans leur comportement le plus absurde. Avec les autres, les indifférents, vous êtes d'une lucidité qui éblouit. Il y a aussi dans votre univers une personne dont les gestes, les attitudes et les mots vous enchantent quand on vous en raconte ses mille facéties : c'est Christine de Rivoyre. Vous m'écouterez cent fois vous décrire vous-même à Positano, coiffée d'un chapeau de paille fanée, les cheveux raides de sel comme Mme Papowska, grimpant le chemin terrible qui monte de la plage à l'hôtel en chantant à tue-tête : “ C'est mon homme ”, avec une canaillerie qui nous mettait, Félicien Marceau et moi, de bonne humeur pour la journée. Chaque fois, vous dites : “ C'est pas vrai ! ” Mais si, c'est vrai. Seulement vous qui avez une mémoire d'éléphante, vous n'oubliez qu'une chose, c'est de vous regarder vivre. La pontanéité est, avec la gourmandise, le meilleur de vos dons. Ajouterai-je — mais on l'aura deviné — qu'en revanche vous vous connaissez intérieurement avec une gravité rarissime chez les femmes... »

L'été 1957, elle me téléphona d'Irlande :

— Qu'est-ce que vous fabriquez à Paris ?

— Je balaye les bureaux de Plon.

— Vous n'avez rien de mieux à faire ?

— J'aime Paris au mois d'août.

— Tant pis pour la poussière. Venez à Dublin. L'Irlande est formidable. C'est un pays pour vous.

Je pris l'avion le lendemain avec mes premières hôtesses aux yeux verts. Parmi les passagers se trouvait Marie-Louise Bousquet qui recevait si intelligemment dans son appartement du Palais-Bourbon, le seul salon littéraire ou « mondain » où j'ai mis les pieds. Elle flanquait Carmel Snow, directrice de Harper's Bazaar, déjà pas mal saoule et Brassaï. Carmel Snow venait de s'acheter, de faire restaurer et décorer dans le comté Mayo une maison où elle n'avait encore jamais mis les pieds et où je crois qu'elle ne revint jamais. Sa réserve de champagne la suivait à bord et nous arrivâmes dans un joli état. Christine et une amie attendaient à l'aéroport :

— D'abord vous conduisez. Nous avons loué une chiotte ambulante, une Austin d'avant le déluge, qui tape difficilement le 50 à l'heure... Pas de folie ! Ça, c'est le contact. Si vous agitez ce bidule, il y a une bitte qui se lève à gauche et à droite. Nous allons directo dans un pub boire de la *potcheen*. C'est sur les quais de la Liffey. Vous trouverez.

Ça commençait bien. Nous trouvâmes le pub devant lequel je ne passe jamais maintenant sans me souvenir de cette arrivée dans un Dublin noir et désert qui m'apparut d'abord d'une tristesse effrayante. A cette heure qui n'était plus le jour et pas encore la nuit, la vie se réfugiait dans les pubs. Le nôtre était bourré à craquer, noyé dans la fumée âcre des pipes et des cigarettes. Pour être servi, il fallait avec une ferme douceur écarter des haies de pintes de stout et de bière, hurler sa commande, saisir au vol les verres que le barman envoyait d'une glissade énergique le long du comptoir luisant, ramasser une monnaie trempée dans la mousse, repartir trois verres à la main, fendre de nouveau la masse compacte des buveurs debout qui se hurlaient des histoires irrésistibles ou chantaient à tue-tête, résister aux coups de coude, aux ventres qui se bombaient, subir sans broncher de grandes tapes dans le dos. Le barman s'était esclaffé :

— Pas de *potcheen* ici, mon vieux ! C'est pas permis. Allez dans le Connemara. Là-bas, ils nagent dedans.

La recherche de la *potcheen* dura huit jours dans

l'Irlande, du Donegal au Kerry. La petite Austin roulait bravement sur les routes bordées de fuchsias, des derniers rhododendrons mauves et des premiers hortensias bleus, découvrant pour nous, au hasard des itinéraires, ce que Yeats appelle « une terrible beauté ». Nous rencontrions dans les pubs les plus miteux les plus crasseux des gens qui feignaient une incompréhension totale. Ils n'avaient jamais entendu parler de la *potcheen*, cet alcool à 80° distillé en douce par les fermiers. Leur innocence peinait.

Dans une de ces épiceries-buvettes qui jalonnent les routes du Connemara, une vieille femme entrait, réclamait une chaise et se faisait servir une pinte de stout qu'elle buvait avec des yeux brillants de plaisir. Pieds nus dans d'énormes croquenots lacés avec des ficelles, vêtue de quatre ou cinq sarraus superposés qui donnaient à son long corps émacié une ampleur royale, Sarah nous disait que depuis tant d'années qu'elle marchait sur les routes d'Irlande, dormait dans les bois ou les granges, elle ne vivait que de stout. Parfois, les grands jours, une pomme de terre, une pomme de terre seulement. Son lourd casque de cheveux gris encadrait un étonnant visage d'Indienne, parcheminé, découpé en losanges par une infinité de rides entrecroisées. Elle avait eu un mari — mais, à un geste de la main, on le devinait parmi les bienheureux —, des enfants — mais, à un autre geste, on comprenait qu'ils étaient loin, si loin d'elle que même en marchant encore des années dans la pluie ou le soleil, elle ne les retrouverait jamais. Au mot de *potcheen* sa bouche se fendit d'un grand sourire édenté auréolé de la mousse beige du stout. Non, elle n'en buvait pas, mais autrefois elle en avait goûté dans les fêtes quand tout le monde dansait et chantait. Maintenant, Sarah n'en voulait plus : ça coupait les jambes et il lui restait encore à marcher des lieues et des lieues avant de s'arrêter pour toujours. Sarah était peut-être moins vieille qu'elle ne paraissait, mais en elle brûlait la flamme inextinguible de l'errance des Gaëls.

Dans une petite pension d'Achill Island, un vieil homme nous recevait, fragile, presque transparent, habillé de la veste de tweed la plus élégante, la plus usée que j'aie jamais vue de ma vie. Ami de Yeats et de Synge, il avait publié bien des années auparavant un volume de nouvelles dont il nous remit un exemplaire jauni. Et des vers aussi, bien sûr, très yeatséens comme on pouvait l'imaginer. Son nom, je n'ai pas oublié : Dermot Fryer, ni son malicieux sourire au mot de *potcheen*. Les fermiers en distillaient encore, mais la cachaient chez eux. Tout de même si nous allions à Dublin, son fils nous en procurerait.

A Dublin, nous trouvâmes le fils, un homme d'une quarantaine d'années qui tenait une petite papeterie : crayons, gommes, cahiers d'écolier, journaux et livres de poche. La lettre de son père détendit son visage triste et il ferma aussitôt boutique pour nous entraîner à quelques pas de là dans un des immeubles de Merrion Square. Là, ce papetier de gommes à trois sous vivait dans un superbe appartement avec une élégante jeune femme qui ne correspondait pas du tout à l'image qu'on attendait de cet étrange couple. Nous remîmes le mot *potcheen* en route. Mr. Fryer Jr. disparut un instant et au retour me glissa dans la main un petit flacon d'un alcool blanc qui, à la première gorgée, emportait tout sur son passage. Nous n'étions pas venus en Irlande pour rien, et j'en gardai un souvenir lancinant qui mêlait la beauté des falaises de Moher et le visage de la vagabonde Sarah, les longues plages du comté de Clare, et le personnage si poétiquement désincarné de Dermot Fryer. Douze ans après je suis revenu dans ce pays pour ne plus le quitter.

A la fin de la même année 1957, le 31 décembre, Christine me téléphone :

— Que faites-vous ce soir ?

— Je sors une dame.

— Laissez tomber cette bonne femme. J'ai reçu trois kilos de truffes.

— Je viens.

Et je sortis de chez elle avec une jeune femme que trois heures auparavant je ne connaissais pas et qui deviendrait ma femme. Souvent après, pensant à Christine, à cette petite personne qui n'a l'air de gouverner son monde à la baguette que pour mieux se rendre ensuite, j'ai songé aux mots de Giraudoux dans *Choix des élus* : « Les êtres ne se dérangent dans la vie que pour vous apporter des leçons, des signes ou des devoirs. »

Je ne revois jamais sans plaisir le film de ces années 50. Quelque chose bougeait de nouveau comme si nous émergions enfin de la nuit. L'Occupation avait été ce que l'on sait, mais au moins l'avait-on frondée. Des temps amers de 1940 à 1944, nous gardions le souvenir des représentations du *Soulier de satin* à la Comédie-Française, de la découverte du théâtre de Sartre, *Les Mouches* à la Cité (ex-Sarah-Bernhardt), *Huis clos* au Vieux Colombier, *Sodome et Gomorrhe,* dernière pièce de Giraudoux à l'Athénée, *La Reine morte* de Montherlant, l'*Antigone* d'Anouilh, à l'Atelier. Jamais, grâce au tandem Prévert-Carné, grâce à Delannoy, Clouzot, Autant-Lara, Cocteau, le cinéma n'avait autant brillé. Nous avions lu de beaux livres : *Gilles* de Drieu la Rochelle, *Saint Genès* de Roland Cailleux, *La Pharisienne* de Mauriac, *L'Invitée* de Simone de Beauvoir, *Une histoire de la littérature* de Kléber Haedens, *L'Étranger* de Camus, *Lecture de Phèdre* de Thierry Maulnier, quelques chapitres dans la N.R.F. des *Voyageurs de l'Impériale* d'Aragon. Je cite au hasard, omettant involontairement derrière ces titres quantité d'autres livres et d'autres pièces qui excitaient l'esprit et dispensaient l'oubli des murs de notre prison. Sans oublier qu'à Villeneuve-lès-Avignon, Pierre Seghers avait, pendant l'Occupation, maintenu vivant un extraordinairement riche courant de poésie qui ne s'est peut-être pas renouvelé depuis. La littérature, le cinéma, le théâtre et l'art s'étaient bien défendus quoi qu'on en ait dit. Après la guerre, la victoire de 1945, qui aurait dû voir exploser la joie de la liberté retrouvée, semblait retombée sur nous comme une chape de plomb. Nous étions entrés dans un système étouffant où la moindre volonté de faire circuler de l'air déchaînait des foudres. L'holocauste des juifs dans les camps de la mort, l'angoisse levée par les deux premières bombes atomiques sur Hiroshima et Nagasaki, la Russie dévastée, l'Allemagne en ruine, la Pologne, pour laquelle nous avions déclaré la guerre, blessée à mort, le Pacifique devenu un vaste cimetière nippo-américain, pesaient sur les cœurs. Sartre n'avait pas complètement tort quand il « engageait » la littérature dans l'espoir que la parole des écrivains serait entendue, mais là où il errait c'est quand il indiquait comme « chemin de la liberté » une pâteuse mixture de marxisme et d'existentialisme. Sa mauvaise foi avait quelque chose de touchant, comme celle d'un enfant pris en flagrant délit de mensonge, qui veut se justifier coûte que coûte au prix de lourdes distorsions de la vérité. Son discours souvent entraînant — surtout quand il était bref —, emporté par une conviction exaspérée, s'émaillait de citations tronquées, d'événements historiques détachés de leur contexte, de contradictions internes et externes si grossières qu'elles prêtaient parfois à sourire, mais ses sophismes, épais comme des canulars, empoisonnaient l'atmosphère de l'après-guerre, et envahissaient l'Université. La revue *Les Temps modernes,* qu'on s'arracha au premier numéro dans les kiosques et les librairies comme on devait s'arracher plus tard les premiers numéros de *Playboy,* évoquait une sorte de tribunal révolutionnaire permanent. Encadré de lieutenants au doigt sur la gâchette, Sartre condamnait sec, sans convoquer la défense ni accorder circonstances atténuantes ou sursis. Le mot si juste de Maurras — qui lui non plus n'avait pas fait beaucoup de cadeaux dans sa vie — que la littérature ajoute à la férocité naturelle de l'homme, s'applique fort bien à Sartre qui souffrait d'une malheureuse inadéquation : littérateur dans l'âme depuis *La Nausée,* au théâtre et, plus tard, dans un rapide et admirable petit livre, *Les Mots,* il se voulait politique. Homme d'action contre homme de rêve. Nous perdions au change.

La politique est l'art du relatif et du possible, tout ce qu'un doctrinaire ne supporte pas et contre quoi il enrage de se sentir toujours impuissant, toujours pris au dépourvu. Sartre dogmatisait avec une hargne aveugle sans mesurer que tout ce qu'il s'acharnait à détruire en lui-même et autour de nous risquait d'être reconstruit au sein d'une nouvelle tyrannie bien plus inhumaine que celle qu'il accusait.

Cette tyrannie s'exerçait déjà hors de nos frontières et Sartre n'a jamais manqué de lui rendre visite et hommage en près de quarante ans. Ce qu'il stigmatisait en France l'emplissait d'admiration à l'étranger. Avec surprise nous l'avons vu se ruer à Lisbonne, au début de la révolution des « œillets » pour casser la croûte avec les équipages de chars qui venaient de renverser le pouvoir de Caetano et d'établir une dictature militaire dont le premier acte fut de vider les prisons de leurs soixante-dix politiques et d'en mettre trois mille à la place. On s'imagine les cris d'orfraie de Sartre si le général Salan avait procédé de même en 1958 et lancé ses parachutistes sur Paris. Mme de Beauvoir a raconté beaucoup de ces voyages qui évoquent, dans leur humour involontaire, les bandes dessinées de Christophe, les équipées du savant Cosinus et de Mme Belazor. Pourquoi ces voyages ? Il n'entendait que ce qu'il voulait entendre, cas typique de l'intellectuel enfermé dans son système et ses apriorismes. Barrès s'était gentiment moqué de Taine qui, lors d'une excursion en bateau sur le lac Majeur, avait, dès le départ, déployé une table portative sur le pont, et, entouré de livres s'était mis à piocher dedans ce qu'il aurait pu voir s'il avait levé les yeux. L'inévitable voyage à Moscou ne changera rien aux idées de Sartre. Drieu La Rochelle, Gide, Malraux et tant d'autres avaient réagi. Lui pas.

Je ne suis pas philosophe. Malgré plusieurs tentatives, je n'ai jamais réussi à pénétrer dans le maquis de *L'Être et le Néant* dont le jargon diafoiresque me passe au-dessus de la tête, mais je ne voudrais pas réduire Sartre à quelques clichés. Même s'il s'éloigne à grande vitesse, il reste dans son époque un valeureux combattant qui a secoué une génération, attiré l'adoration des uns, la haine des autres. Sa célébrité lui a plus nui qu'elle ne l'a servi. On n'est pas sans danger le chouchou des médias : Sartre au Flore, au Tabou, à la Coupole, lançant des chanteuses comme Gréco, de jeunes écrivains provisoires comme Mouloudji, tartinant indifféremment sur Flaubert, Genet, le Tintoret, et — pourquoi pas ? — analysant les qualités du vin blanc, du café, du whisky, de l'amour libre ; Sartre otage défilant de la Bastille à la Nation, bras dessus, bras dessous avec un peuple qui le prenait pour une vedette de cinéma ; Sartre vendant *La Cause du peuple* boulevard Saint-Michel et couvrant de son autorité ce piège à cons. On n'a plus besoin ni envie de lire un écrivain trop célèbre qui se répand partout comme un scoubidou. Il appartient à la mode, aux bas-bleus, et malheureusement la mode passe vite et les bas-bleus ont l'amour volatil.

La fin de Sartre est tragique : malade, solitaire encagé par les derniers disciples, abandonné par ceux qui l'avaient le mieux respecté, il s'est débattu dans ses propres contradictions qui ont fini par l'écraser. Un an avant sa mort, le hasard m'a fait l'apercevoir boulevard Raspail, aveugle, traînant les pieds, tête rentrée dans les épaules, pitoyable épave physique que deux jeunes femmes soutenaient avec une émouvante tendresse. Il venait pourtant d'écrire (ou de dicter) dans un torchon gauchard un article justifiant le terrorisme palestinien. Qu'en aurait pensé trente ans plus tôt l'auteur de *Réflexions sur la question juive* ?

Rien ne nous a été épargné sur ses derniers jours ; le corps qui ne maîtrise plus ses besoins, l'esprit qui divague. Son enterrement a tourné au burlesque : foule en sanglots comme pour la mort d'un chanteur de charme, et jusqu'à un dingue qui s'est jeté dans la fosse pour être enseveli avec lui. Sartre ne méritait pas ça.

On ne peut néanmoins pas évoquer sans trouble la période où il a régné et cru assumer la littérature avec celle qui fut sa prêtresse jusqu'à la fin : Mme de Beauvoir. Dans aucun autre pays on ne vit autant d'écrivains aller à l'école et écrire sous la dictée du maître. La critique, impressionnée, emboîtait le pas. Je parle des années qui suivirent immédiatement la guerre, si difficiles pour ceux qui refusaient de s'installer à un pupitre. Si l'on dressait la liste des journaux et des revues qui se sont effondrés pour avoir voulu se donner un petit air de liberté, le total serait effarant.

La *Revue de la Table Ronde,* créée par les éditions du même nom au temps de leur splendeur quand elles logeaient place des États-Unis, était venue en 1950 se réfugier chez Plon, dans deux minuscules bureaux sur la cour. Mauriac patronnait le comité de rédaction composé de Gabriel Marcel, Thierrry Maulnier, Jean Mistler, Charles Orengo, Georges Poupet et Roland Laudenbach. Jean Le Marchand en assurait le secrétariat général. Mauriac présidait une fois par mois des réunions qui ne décidaient de rien, mais rassemblaient les principaux collaborateurs. Comme pour nombre d'autres écrivains admirés, je n'ai pas fait l'effort d'aller vers lui, de franchir le barrage de la petite cour au milieu de laquelle il se pavanait un peu trop. En dehors de ces réunions de la Table Ronde, j'avais plus de plaisir à le lire qu'à l'entendre. Il suffisait de le voir là, vif, malicieux, enchanté, vaguement grisé par la présence de ces jeunes gens, pour la plupart assis par terre, qui le traitaient comme un des leurs, bien que les questions fussent posées avec une nuance de respect à laquelle il était certainement sensible. Je n'ai pas beaucoup parlé à ces réunions, mais je l'observais, attentif à l'indiscutable séduction de cet homme que le communiste Pierre Hervé traitait de « vieille corneille élégiaque ». Vieux ? Certainement pas si l'on pense à la jeunesse de l'esprit. Corneille ? Je n'en étais pas sûr non plus : son cou me paraissait trop long. A la rigueur, on pouvait évoquer un cormoran. Élégiaque, en revanche il l'était certainement au moins sur ce qu'il savait. Quand il ne savait pas, il tranchait avec un rien de condescendance, mais c'est là un défaut bien français de croire que ce qu'on ignore n'existe pas. Peut-être parce que j'avais déjà pas mal vagabondé, ne considérais-je pas le reste de la terre avec le même dédain, et la littérature française comme le nombril du monde. A cette époque, je ne donnais à la *Revue de la Table Ronde* que des « choses vues » sur l'Italie, l'Espagne, les États-Unis, parfois une note sur le théâtre où j'allais aussi souvent que possible.

Il ne me reste que des numéros dépareillés de la Revue, mais quels sommaires ! Chardonne, Montherlant, Jouhandeau y revenaient en force, et aussi Giono que Tristan Tzara à la Libération dans un article des *Lettres françaises* envoyait au poteau. Pas un mot de politique : Mauriac s'en écartait, mais il devait bientôt y revenir à la faveur d'événements qui divisèrent cruellement l'opinion : la guerre d'Algérie et le retour au pouvoir du général de Gaulle. C'était trop tentant pour lui au moment où sa veine romanesque s'épuisait. Que faire, sinon parler de tout et de rien et, devant l'écho rencontré par le « Bloc-notes », se prendre pour la conscience de la France? Mais tant que la revue resta sous son patronage, tant qu'il prit plaisir à provoquer ou protéger de jeunes écrivains, ce fut une oasis dans la vie littéraire française.

Il y avait un esprit Table Ronde qui se retrouvait dans les deux bureaux exigus où Plon confinait la maison d'édition. Cette association était un étrange mariage dont on ne s'expliquait pas clairement la raison, à moins que l'austère vieille dame de la rue Garancière, tout en respectant les programmes des Éditions de la Table Ronde et en s'offrant à bon marché une brillante revue littéraire, ait destiné ce satellite à la publication de livres qui auraient scandalisé sous son label. Ainsi Orengo confia-t-il à la Table Ronde la *Vie secrète* de Salvador Dali et *Fabrizio Lupo,* le roman où, après des livres d'un mysticisme passionnel, Carlo Coccioli révélait qu'il aimait bien les garçons et racontait mi en italien mi en français ses amours tumultueuses avec un jeune écrivain.

Roland Laudenbach maintenait à flot une

affaire qui avait eu sa splendeur dans les années suivant la Libération. Tout reposait sur ses épaules, tout ne tenait qu'à lui qui possédait au plus haut degré l'art de rappeler à l'égocentrisme forcené des auteurs que les réalités de la diffusion et de la vente au public sont plutôt déprimantes. Au début des années 50, La Table Ronde subsistait dans un climat d'improvisation ingénue qui est impensable aujourd'hui. Dans son soudain dénuement, elle restait un agréable refuge où l'on considérait l'existentialisme régnant au plus comme une aimable mystification politico-littéraire dont Bernard Pingaud et Pierre Boutang s'étaient débarrassés dans un virulent pamphlet, *Sartre est-il un possédé ?*, classique exemple d'une querelle de philosophes dont Pingaud retira son nom lors d'une réédition. Les bureaux, mal meublés, n'offraient même pas un siège aux visiteurs. Le plus curieux est que La Table Ronde n'éditait pas la plupart des amis qui s'y rencontraient. Jacques Laurent et Antoine Blondin avaient publié leurs premiers livres chez un talentueux mais éphémère éditeur, Charles Frémanger, alias Froissart ; Roger Nimier en était déjà à son troisième roman chez Gallimard. J'étais chez Plon, assez content de mon sort. Mais ce que nous trouvions là, en dehors des réunions de la Revue, n'existait nulle part ailleurs : des blagues de collégien, une grande irrévérence pour les faux talents, la littérature considérée comme un des violons d'Ingres de la vie, un gai scepticisme, du goût pour les écrivains mis au coin par l'épuration : Morand, Céline, Jouhandeau, Giono, Chardonne, Brasillach, Rebatet, Drieu La Rochelle, Abellio, Montherlant, André Fraigneau, ou que la nouvelle critique observait avec suspicion, guettant et redoutant leurs écarts de conduite : Anouilh, Aymé, Audiberti, Paulhan, Perret, Thierry Maulnier, Vialatte.

De tous, André Fraigneau était le plus proche, le plus accessible. Nous le rencontrions souvent, d'abord place des États-Unis, puis rue Garancière, rapportant pour les Éditions de La Table Ronde des manuscrits qu'il lisait avec une poétique et confondante désinvolture. Il est vrai qu'au regard des autres lecteurs, il pouvait prétendre avoir été à bonne école chez Bernard Grasset jusqu'à la fermeture de la maison à la Libération. Plus âgé — juste ce qu'il faut, une douzaine d'années — il n'était pas vraiment un aîné, plutôt un camarade, et nous racontait les brillantes années 30 dont il avait été un des témoins. Forçant même un peu le cours du temps, il empruntait à Cocteau, Maurice Sachs ou Max Jacob des souvenirs des années 20 comme s'il les avait vécues. Ce Nîmois sans accent, monté à Paris depuis une vingtaine d'années, était — et est resté — le plus parisien des provinciaux au point qu'à l'époque où il écrivait des billets d'humeur dans *Opéra*, je lui ai donné un titre de rubrique qui lui convenait à merveille : « Le Parisien de Paris ». Dandy comme Barbey d'Aurevilly, brillant causeur comme Jean Cocteau, écrivain de la grâce comme Larbaud, artiste et esthète jusqu'au bout des ongles, il pouvait aussi être, en paroles, d'une férocité atroce et souvent délirante. C'était sa façon de s'enfermer dans un monde où il régnerait sans partage sur les jeunes amis en lesquels il plaçait ses espoirs. Nous connaissions ses diktats qui n'étaient d'ailleurs pas sans appel. Ainsi manifesta-t-il d'abord à l'égard de Nimier une méfiance agressive avant de succomber sous le charme et de l'aimer comme un fils. Il suffisait de le savoir et de ne rencontrer qu'en cachette les gens qu'il prétendait détester. Mais à l'intérieur du cercle où s'exerçait son magistère, il n'y avait pas plus généreux et plus entraînant. Il nous arrachait littéralement, une à une, les pages des romans que nous aurions, sans lui, longtemps remis au lendemain, c'est-à-dire peut-être à jamais.

Carrefour Mabillon, à la terrasse de la Rhumerie Martiniquaise, qui fut plusieurs années son quartier général avant que le whisky l'emportât sur le rhum, il tenait guéridon ouvert, ne cessant d'observer le mouvement du boulevard Saint-Germain, prompt à reconnaître une silhouette haïe qu'il fusillait d'un trait. Il commandait à beaucoup de nos soirées — surtout à Blondin et à moi — sans avoir toujours notre endurance, tantôt provocant, tantôt sibyllin comme s'il détenait des secrets indicibles, jouant de ses belles mains de magicien qui tiraient de la nuit des fantômes et des vivants.

Fraigneau rappelait à la génération qui le suivait que la vie est aussi une fête, que les moralistes sont des raseurs, que l'amour est un plaisir de civilisé. Ce bohème désargenté qui n'avait pas toujours de quoi dîner et vivait rue Vaneau, dans un obscur rez-de-chaussée antédiluvien baptisé « La grotte », avait cependant au cours de la semaine, des rendez-vous d'aiguilleur de chemin de fer. Deux ou trois fois par semaine, il disparaissait. Nous savions qu'il avait son couvert à heures et jours réguliers chez des amis, et ce qui nous étonnait le plus c'était la ponctualité de ces dîners pour un homme aussi léger et aussi disponible, bien qu'il n'y ait pas d'homme disponible qui n'aspire aussi à des fidélités et des contraintes. Une de ces « fidélités » chez qui il amenait ses amis du dehors au compte-gouttes, était le peintre François Salvat et sa femme Jeanne dans le grand atelier de la rue Lecourbe. François Salvat, longtemps chez Grasset, avait dessiné toutes les maquettes de couverture et travaillait encore pour les Éditions de La Table Ronde. Petit homme, aux grands yeux étonnés, au rugueux accent catalan, d'une humeur toujours égale, d'une patience infinie quand Fraigneau le harcelait pour qu'il mît une touche de rose ou de bleu dans une de ses exquises aquarelles et ses belles huiles ensoleillées par Venise, la Grèce, la Catalogne, François Salvat a laissé une œuvre que son classicisme a peut-être injustement étouffée en plein désarroi de l'esthétique, mais qui lui survit dans les musées et les collections particulières, dernier luxe de la peinture figurative. Trop proche de Corot sans doute, mais quand un siècle aura passé, qui ne mélangera pas les dates, rapprochant innocemment Salvat de son maître et des peintres de l'école de Barbizon dont il a été le posthume membre d'honneur ?

Salvat qui, dans sa jeunesse, peignait pour son plaisir, n'aurait peut-être jamais été le peintre qu'il devint sans Fraigneau. Fraigneau l'inventa, au sens étymologique du mot, fit partager sa foi à cet homme beaucoup trop modeste pour avoir confiance en soi. A l'époque dont je parle, Fraigneau exerçait même une véritable tyrannie sur son ami. Avec Blondin et moi, il agissait plus prudemment, conscient que ces deux garçons lâchés dans le Paris d'après-guerre étaient plus dévorés du désir de brûler leurs vaisseaux que de peiner sur des pages blanches, mais enfin, il obtint de nous nos deux premiers romans qui lui furent dédiés. Avec *Le Meurtre rituel* de Paul Sérant, c'était, en deux ou trois ans, un bel hommage à un infatigable intercesseur dont Nimier écrivit qu'il ne « cessait d'entretenir l'univers en état de noblesse et de drôlerie ».

La vie littéraire est d'une ingratitude raffinée. Pour avoir trop donné de soi, Fraigneau s'est tu. Quand nous lui demandions un nouveau livre, il avait la réponse facile : « Inutile, j'ai raconté ce que j'avais à raconter, maintenant vous écrivez pour moi. » Muré dans son silence, il demeure le malicieux metteur en scène d'un trop bref été. Restent ses livres difficiles à trouver, mais qu'une nouvelle génération vient de rééditer. La Table Ronde avait publié deux apocryphes journaux intimes, *Journal profane d'un solitaire* et *Le Songe de l'Empereur,* genre qu'il avait inventé et dont s'inspira Mme Yourcenar quand elle écrivit *Mémoires d'Hadrien*. Vaguement envieux du succès remporté par *Caroline chérie,* Fraigneau eut le tort d'essayer d'écrire un roman d'aventures et d'amour. Mal édité une première fois par Charles Frémanger qui, vexé par un de ces mots acerbes dont Fraigneau a le secret, pilonna le premier tirage, *L'Amour vagabond* reparut quelques années après chez Plon avec quatre préfaces de Nimier, Laurent, Blondin et moi. Nous disions à notre jeune aîné des choses gentilles qui secouèrent un peu la presse et fondèrent dans l'esprit de la critique l'idée que les quatre préfaciers formaient un dangereux gang. Malheureusement le roman présentait des faiblesses et des sucreries qui étonnaient de la part d'un homme aussi sarcastique et aussi fin que Fraigneau. Il n'est pas certain que nous ayons rendu un grand service à notre ami en prisant un faible roman si peu dans la ligne des belles pages écrites auparavant et que j'eus la chance de faire republier par Plon en 1960, sous le titre des *Étonnements de Guillaume Francœur*. Cette nouvelle édition rassemblait les meilleurs chapitres de *L'Irrésistible, Camp Volant* et *La Fleur de l'âge,* plus un chapitre inédit, *Propos romains,* qu'il dédia à Nimier et moi, où il racontait sur le ton de la conversation un très frivole voyage aux États-Unis en compagnie de James Lord. Ce livre capital pour l'étude d'une sensibilité littéraire de l'entre-deux-guerres est resté longtemps introuvable avant d'être repris en 1985. Fraigneau s'en moque allègrement. Il n'a plus écrit une ligne depuis vingt-cinq ans. Son héros, Guillaume Francœur, qui lui ressemble comme un frère, n'a pas eu le droit de vieillir. Deux générations nous séparent de sa jeunesse, mais sa grâce, son charme, son attrait nous parlent avec une héroïque mélancolie d'un temps où les hommes n'avaient pas honte d'être heureux.

Combien de fois m'a-t-on demandé de parler des « hussards » ? C'est le pont-aux-ânes des interviewers. A la longue, je finirai par croire qu'ils ont réellement existé, qu'ils étaient bien quatre comme les préfaciers de Fraigneau et comme les mousquetaires de Dumas, et perpétraient mille coups audacieux contre la dictature alors rayonnante et policière des existentialistes ou la renommée disproportionnée de l'honnête homme que fut Albert Camus. Ne soyons pas l'ennemi des images d'Épinal. Celle-là n'est pas plus sotte que d'autres et permettra peut-être un jour de donner un rien de gaieté aux manuels de littérature qui en manquent singulièrement. En fait, le joli titre de Nimier, *Le Hussard bleu*, ne s'adressait qu'à lui-même et ce roman n'avait rien d'un manifeste. Il affichait seulement une belle liberté de ton et de vocabulaire. Des liens se formèrent, d'abord réservés, puis plus serrés au fur et à mesure des années. Il ne pouvait en être autrement dans cette espèce d'isolement où nous vivions. Il me semble, bien après, que nous n'abordions guère les sujets littéraires, à peine : « As-tu lu X... ? Il faut ! », pour passer tout de suite à des thèmes moins personnels : les voitures, le bordeaux ou le beaujolais, le champagne (pour Nimier), la bière (pour Antoine Blondin) et surtout le sport. En ce dernier domaine, notre maître a vraiment été Kléber Haedens. Le reste suivait un cheminement invisible : romans réussis, ratés ou bâclés, articles virulents aussitôt oubliés (« Surprise à Marigny, titrait Nimier : Barrault encore plus mauvais que d'habitude »), pétards dans le dos des gens que nous n'aimions pas, coups de pied aux ânes qui abondaient.

Qu'à distance, cela semble composer un ensemble cohérent, je m'en étonne, car nos quatre natures différaient profondément. Il se peut, quand même, que, désireux que l'on respirât dans nos livres un air moins malsain que celui de notre époque, nous ayons eu le mérite commun d'avoir réintroduit dans le roman le plaisir et la mélancolie de vivre, une certaine dignité devant l'œuvre de la mort. Si c'est vrai, ce ne sera pas un mince mérite, mais il faut le partager plus équitablement avec Bernard Frank, François Nourissier, Kléber Haedens, Michel Mohrt, Roland Laudenbach et Félicien Marceau.

Quand Nimier est mort en 1962, nous avons mis longtemps à le croire même si nous avions le pressentiment que quelque chose l'attendait qui hâterait son destin ou le porterait en pleine lumière. Il s'était mis, depuis quelques années, à vivre trop vite. Et pas seulement dans son Aston-Martin rouge, mais dans les plus banals détails quotidiens, préférant les télégrammes et les pneumatiques aux lettres. Il était partout à la fois : chez son éditeur, au cinéma, au théâtre, avec ses amis et, quelques fois, seul à sa table, terminant *D'Artagnan amoureux* qui semblait, pour lui, après un long silence, renouer avec le plaisir d'écrire. C'était beaucoup, c'était trop. Une anxiété le saisissait dont nous ne voulions pas comprendre le motif, dont nous nous irritions même. On n'avait pas le droit de disperser des dons pareils. C'était un crime à l'égard des convictions partagées, des livres aimés, d'un certain style. Mais la mort guettait Nimier et nous ne l'appréhendions pas seuls. Il l'appréhendait aussi, jusque dans ses silences et au-delà de ses silences. Pourtant il aimait l'existence, il estimait qu'elle méritait don de soi, folies et même des passions à condition qu'elles ne fussent pas uniques. Faudra-t-il beaucoup en vouloir à l'époque que nous vivions, qui ne permettait plus que de tricher avec l'honneur et de voiler d'ironie la noblesse du cœur ? Dans un monde qui abandonnait aux chiens certaines vertus comme la fidélité, des jeunes hommes ne se sentaient plus bien dans leur peau. Ils devaient se taire, lutter en secret pour n'être pas contaminés, briller, jeter mille feux au moment même où ils devinaient qu'une œuvre un peu vraie impose oraison. Ce n'était pas juste et ils reprochaient à de cyniques vieillards de leur avoir laissé en héritage un monde désincarné, sans chaleur et sans générosité. Nimier en souffrait, comme son ami Stephen Hecquet emporté un peu avant lui et tout aussi jeune. L'un et l'autre brûlaient par les deux bouts des vies dont l'inachèvement reste une blessure.

Les romans de Nimier gardent trace de sa hâte dévorante. Peut-être n'était-il pas vraiment romancier, mais c'est en fouettant l'imaginaire qu'on se révèle le mieux à soi-même. Ses livres sont ceux de l'homme qui disait : « J'appartiens à cette génération qui aura eu vingt ans pour la fin du monde civilisé. » Pour beaucoup, la révélation aura été posthume avec deux recueils d'articles : *Journées de lecture* et *L'Élève d'Aristote*. Il avait une façon à lui, inimitable, d'exaspérer la littérature, de lui tirer la barbe, de lui faire des pieds de nez, de la dépouiller de ses faux attraits pour sauver l'essentiel. Dans *L'Élève d'Aristote* il nous a laissé une de ces jolies phrases dont il avait le secret moqueur, et qui le définit lui-même si bien qu'après l'avoir citée j'aurais envie de tirer l'échelle et d'inviter le lecteur à rêver à ce jeune homme brouillon et doué qui à peine avait-il ouvert une porte vous la fermait au nez. Parlant de Benjamin Constant, l'écrivain dont il se rapprochait certainement le plus, il disait : « Ce malheureux et froid jeune homme, incapable de se gouverner, fait un excellent modèle. » Tout Nimier est là. Il est presque inutile de le chercher ailleurs. S'il fut malheureux — ce dont nous ne doutons guère — la raison en est restée secrète et il serait indécent de la chercher dans sa vie privée. Malheureux et pudique, on ne se laisse pas aller aux larmes, on se défend avec de la froideur. Et pour égarer ses amis, pour ne pas jouer les Werther, pour, surtout, se défendre du sérieux, on se livre à quantité de facéties qui douchent les enthousiasmes puérils. Il était ainsi dans la vie : fuyant et présent, secourable et cruel. Et certainement plus secourable que cruel, mais s'en cachant. Des années après, nous avons su quel généreux ami il avait été pour des écrivains que la défaveur des événements condamnait de leur vivant à un injuste purgatoire. Céline, Jouhandeau, Morand, Chardonne virent arriver chez eux ce lecteur passionné qui les bourrait de coups pour qu'ils ne s'attendrissent pas. Où trouvait-il le temps de se dépenser ainsi, de diriger un journal, d'être un des piliers de la N.R.F., d'écrire des livres, des scénarii, sans cesser d'être visible de tous, comme s'il traversait la vie en dilettante ? Il y a des grâces spéciales et il faut croire qu'il en avait reçu une, forçant même la note pour ressembler de plus en plus à la petite légende qui naissait autour de lui, légende qui le flattait et dont il s'est certainement servi plus d'une fois comme d'un masque. Il ne vit pas les années passer et il est certain que, comme Benjamin Constant, il a été « incapable de se gouverner ». Meilleur économe de ses forces, il n'aurait pas été tout à fait Roger Nimier, mais il aurait écrit plus de livres et des livres d'une maturité mieux assurée. La dispersion de ses meilleurs textes dans des préfaces, des revues, des hebdomadaires, est encore une de ses farces. Marc Dambre qui a rassemblé ces pages dans *Journées de lecture* et *L'Élève d'Aristote* a su ne pas se laisser intimider par les sarcasmes posthumes de Nimier et ses parties de cache-cache.

Dans *Certificats d'études*, Antoine Blondin a dit qu'il se gardait d'écrire sur les vivants, à l'exception, toutefois, de Jacques Perret. J'ajouterai, avant de parler de lui, qu'il faut rester aussi prudent avec les disparus. A la mort de Nimier, un article de Kanters et un autre de Boisdeffre provoquèrent des ripostes d'une rare violence de la part de Marcel Aymé dans le *Bulletin de la N.R.F.* et de Blondin dans *Aux Écoutes*. L'œuvre n'avait pas fait le chemin qu'elle a parcouru depuis. L'effacement de Nimier — les dernières années — trompait le petit monde de la république des lettres où il faut sans cesse être présent. Le temps a gommé des romans comme *Les Épées* ou *Perfide* qui ne tiennent pas bien le coup, mais nous relirons *Le Hussard bleu, Les Enfants tristes* et les cinquante premières pages de *Histoire d'un amour*. On peut en dire autant d'une partie de l'œuvre de Drieu la Rochelle, pourtant Drieu ne cesse, comme Nimier, d'être présent parmi nous, dans ses maladresses et ses contradictions, parce qu'au-delà de l'écriture d'une œuvre sauvage, c'est sa présence haletante que nous devinons. Il n'est pas si fréquent de rencontrer un homme derrière un écrivain. Et Nimier et Drieu furent des hommes pathétiques.

Les mots que j'ai cités de Blondin rendent prudent mais comment parler de cette époque-là sans parler de lui ? Je ne l'évoque jamais sans me souvenir de notre première rencontre dans un boui-boui bon marché de la rue Mazarine, aujourd'hui disparu, remplacé par je ne sais quel fripier. C'était fin 1945. Il revenait d'Autriche où, pendant plus d'un an, avec une parfaite égalité d'humeur il avait poussé des wagonnets dans une mine. L'épreuve ne l'avait ni amertumé ni changé physiquement. A peine majeur, il avait encore l'air d'un garçonnet, un gentil frère du Grand Meaulnes. Il portait d'ailleurs une ample cape d'écolier, non par goût de se singulariser, mais parce qu'il ne possédait rien d'autre depuis le lycée. Cette cape a dû être le seul manteau de sa vie bien qu'il se soit parfois efforcé d'acquérir un imperméable. Après en avoir perdu un nombre déraisonnable dans les bistrots qui ferment au petit matin, il a renoncé et se promène, hiver comme été, en taille, sagesse aisée pour un homme qui a tant de refuges à Paris. Il parlait peu, écoutait bien et je ne sais quoi de fiévreux dans son regard attirait irrésistiblement. Nous pressentions, nous voulions qu'il écrivît un jour quelque chose de formidable, un pamphlet dévastateur, un roman qui secouerait la morosité de la vie littéraire. Un seul ennui : sa paresse, sa peur de la page blanche et, peut-être, ce sentiment — déchirant chez un jeune homme — que tout est vain, que les dés sont pipés. Les prétextes ne lui manquaient pas pour décevoir notre attente. Il avait des histoires à raconter... un jour... plus tard... oui, plus tard, parce que, expliquait-il avec un parfait bon sens, pour travailler il faut en avoir les moyens, alors que sa vie à lui se passait à gagner avec une pige, une lecture, un article, de quoi vivre au jour le jour. Comment, dans ces conditions-là, écrire un livre dont les droits d'auteur ne lui reviendraient que dans un an ou deux ? Le raisonnement est imbattable. Ses amis calmaient leur impatience en lisant les quelques articles qu'il publiait de préférence dans des journaux éphémères qui payaient rarement, ou clandestins qui payaient encore moins comme *La Dernière Lanterne*, en compagnie de Pierre Boutang, de François Brigneau et de ce merveilleux pamphlétaire du dessin que fut Ben. Personne ne signait, mais on reconnaissait, entre tous, le ton de Blondin : un festival de calembours qui tuaient leurs victimes à bout portant quand il commandait au bruyant père Bruckberger : « Occupe-toi d'homélies », ou raillait Emmanuel d'Astier de La Vigerie : « député d'Ille-et-Vilaine, comme on dit il est méchante ». Au même qui avait été officier de marine et passait pour avoir navigué à la voile et à la vapeur, il prêtait ce joli à-peu-près : « Tous les goûts sont dans la mâture. » Prié dans un hebdomadaire d'écrire un article sur le deuxième frère Tharaud élu à l'Académie, Blondin se contentait d'une seule exclamation : « Encore un Tharaud de casé ! » Comment le Tout-Paris ne se serait-il pas délecté de voir surnommer Pierre de Gaulle, frère du Général, et président du Conseil municipal : « L'homme au masque de frère. » A la terrasse de la Rhumerie Martiniquaise où nous passions beaucoup d'heures, il avait des trouvailles dont, plus de trente ans après, je ne me lasse pas. Voyant arriver un élégant pommadé, aux joues très couperosées, tiré en laisse par un caniche royal il murmurait : « Tiens, la Reine sanglante ! » et cet inconnu qui ne devait pas manquer d'esprit s'était arrêté devant notre table : « Monsieur, on ne saurait mieux dire. » Ou comme passait devant nous une belle panthère noire qui avait pour lui un sourire de connivence, rappel d'une affaire rapide et sans lendemain, Antoine se penchait à mon oreille : « Une beauté.., une pi... une pilosité a... admirable... un vrrai pubis de savane », puis quelques instants après comme je l'entraînais chez un ami, Jean Imbert, qui nous aidait à vivre de quelques préfaces à des albums de photos : « Avec lui, je ne sais jamais si nous allons voir Imbert ou boire un verre. » C'est ce que, dans les moyens d'exaltation, nous appelions le « calembour métaphysique », où le jeu de mots révèle une vérité cachée. Le bégaiement a certainement aidé Blondin à ces feux d'artifice dont on égayerait tout un livre. Son élocution hésitante triturait les syllabes, et l'esprit, plus prompt que la parole, trouvait l'ouverture et marquait aussitôt un essai.

On comprendra que ses amis, persuadés qu'une fée avait déposé sur sa tête — alors bouclée — tous les dons de la terre, l'aient pressé d'écrire un livre. Comment trouva-t-il je ne dirais pas le temps, mais les moyens d'achever un roman, je me le demande encore. Quand parut en 1949 *L'Europe buissonnière* on put lire sur la page de garde : « J'ai écrit ce livre dans l'espoir de faire plaisir à mes amis », ce n'était pas fausse modestie. Notre insistance lui avait arraché ce roman et nous en attendions le retentissement avec beaucoup plus d'impatience que lui. Certains silences ne nous étonnèrent pas, quelques méchants articles nous rassurèrent un peu, puis il y eut le salut d'un de ceux que nous considérions comme un des plus grands écrivains français, Marcel Aymé dans un feuilleton d'*Aspects de la France*. Nous ne nous étions pas trompés.

Après ce brillant coup d'essai, Antoine Blondin aurait bien été capable de se taire, estimant avoir satisfait ses amis. S'il a continué — encore que trop rarement — c'est peut-être par reconnaissance pour Marcel Aymé qui déroula devant lui le tapis rouge et même, un peu plus tard, entreprit dans *La Parisienne* une biographie de Blondin, biographie délirante qui nous inventait un Antoine allié aux plus grands noms d'Europe et de l'Évangile, fils naturel d'un imprimeur anarchiste du quartier de Grenelle. Derrière le canular qui s'étala dans cinq ou six numéros, il y avait du vrai : Blondin est bien un enfant du merveilleux et il l'est resté malgré un collier de barbe grise. N'a-t-il pas, à l'état civil, des ancêtres bergers de montagne, qui s'appelaient les Blondin d'Amour ? Et si le grand Blondin, le plus célèbre des funambules, n'est pas un parent à lui, il y a eu dans la vie d'Antoine des exercices funambulesques tout aussi dangereux lorsqu'il toréait des voitures dans les rues de Paris, entre minuit et cinq heures du matin.

D'autres livres suivirent *L'Europe buissonnière*, publiés cette fois par Roland Laudenbach à La Table Ronde, tous déchirants sous l'humour triste. A gauche on s'irritait : « A parler franc, M. Blondin est un vieux jeune homme » (Morvan Lebesque) ; « Une vieille tradition de chez nous qui s'appelle la préciosité, bonne pour faire sourire un instant, mais exaspérante à la longue » (*Le Monde*) ; « Le cynisme avec lequel M. Blondin se moque de toutes les lois spirituelles, morales, familiales, sociales, patriotiques nous apparaît dangereux » (Jacques Peuchmaurd). L'« ordre moral » ressuscité par la gauche, il fallait être dans les années 50 pour y croire. Quand, en Mai 68, les étudiants du Quartier latin secouèrent l'« ordre moral », l'existentialisme moribond tenta et réussit en partie à récupérer le mouvement pour se donner une nouvelle jeunesse, mais ce n'était pas dans Sartre que l'on avait appris à écrire sur les murs : « Faites l'amour, pas la guerre », « Sous les pavés, la plage », « La beauté est dans la rue », « Délivrez les livres », « Il est interdit d'interdire », c'était dans Nimier et Blondin qui, les premiers, avaient chahuté les professeurs, claqué les pupitres, jeté des boules puantes en classe et chanté que le proviseur était cocu.

Il fallut tout de même dix ans pour que Blondin reçût un de ces grands prix littéraires dont, tant qu'on ne les a pas eus, on se moque, mais qui changent la vie d'un écrivain. Moins chanceux, je mis vingt ans à décrocher aussi l'Interallié et Jacques Laurent mit vingt et un ans à obtenir le Goncourt. Blondin avait été le premier à franchir le barrage élevé autour d'un petit groupe qui refusait les étiquettes. On a bien fini par nous en coller une, les « hussards », excellente trouvaille de Bernard Frank dans un article des *Temps modernes* à cela près qu'il oubliait de se compter parmi eux, cet acide iconoclaste à l'indépendance goguenarde.

Où était la collusion ? On ne la voit guère. Chacun tirait sa route. L'un écrivait dans *Liberté de l'esprit,* revue du Rassemblement gaulliste, l'autre dans *Rivarol,* un troisième dans *Match* ou *Aspects de la France.* Paris est une trop grande ville pour qu'on n'ait pas envie d'y cacher ses secrets. Nous avions des parcours de taupes qui passaient sous la Seine et permettaient de se perdre dans des quartiers anonymes pour embrasser des beautés qui ne portaient pas de bas bleus. Nimier travaillait chez Gallimard, moi à *Match* puis chez Plon. Blondin nulle part et Jacques Laurent devenu, par la grâce de la série des *Caroline,* un enfant chéri du cinéma, circulait dans une Chevrolet jaune canari à coussins rouges, décapotable, conduite par un chauffeur en livrée qui épatait les producteurs. A l'arrière de sa voiture, il nous faisait irrésistiblement penser au Petit Roi de la bande dessinée de Soglow. Célèbre sous le pseudonyme de Cecil Saint-Laurent, il menait allègrement une double vie prolifique, publiant sous son nom *Les Corps tranquilles,* somme de 1 000 pages et un roman bref et tendre, *Le Petit Canard.* A la fin des *Corps tranquilles,* le héros, Anne Coquet, lance une revue littéraire et reçoit le Tout-Paris à un cocktail donné en l'honneur du premier numéro. Nous étions quelques-uns à évoquer cette amusante prémonition, un soir de janvier 1953, en suivant une assez vertigineuse passerelle conduisant sous les combles d'un riche immeuble de la place des Invalides. Là, dans un appartement mansardé, Jacques Laurent invitait ses amis, chez Cosme de Scorail et François Michel pour fêter le premier numéro de *La Parisienne.* Sur la couverture, Cocteau avait dessiné le mutin profil, bouche réprimant un sourire, yeux bridés de la Crétoise de Cnossos. Ainsi le rêve du héros imaginaire prenait vie et réalité pour l'écrivain comblé par le succès et qui investissait plus généreusement dans la littérature que dans la résidence secondaire ou les impôts. Et merveille des merveilles, en une époque d'intense suspicion politique, *La Parisienne* s'ouvrait à tous vents pourvu que ce fût un vent de talent. Ce n'est pas à moi de raconter les débuts de cette revue si recherchée par les collectionneurs d'aujourd'hui. Elle contribua à secouer le conformisme d'une intelligentsia étouffée par le sérieux. *L'Observateur* s'en étrangla. Il voyait là un retour des factieux. Dans la *N.R.F.*, Raymond Guérin, qui devait ensuite collaborer à la revue, commença par trouver qu'elle n'était composée que pour plaire. « Et pourquoi devrions-nous déplaire ? » répondait Laurent. Mauriac y donna un article « Bâtons rompus » où il rappelait aux jeunes partisans du désengagement littéraire que « l'œuvre d'art manque de sève si l'artiste est coupé du monde. Sa participation au drame de son époque n'enrichit le roman qu'il écrit que parce qu'elle enrichit la terre où le roman enfonce ses racines. Un bon roman n'est jamais directement " engagé " ; mais il n'y a guère d'exemple qu'un grand romancier ne l'ait pas été et d'autant plus grand qu'il le fût plus passionnément (Tolstoï, Dostoïevski). Proust lui-même fut dreyfusard. Il existe un rapport entre le refus de participation chez Flaubert et l'aspect figé de son œuvre : le sang n'y circule pas ». Quelques années plus tard, la guerre d'Algérie et la naissance de la Ve République donneraient raison à Mauriac. Pour l'heure, personne n'y fit attention et *La Parisienne* brilla, trois ans au moins, portée par la pulsion qui l'avait lancée. Quand un écrivain obéit à cette sorte de pulsion, il lui est toujours loisible de l'arrêter avant qu'elle s'épuise et d'écrire le mot « fin », alors qu'une revue a toute les chances de mourir sur sa lancée sans que ces collaborateurs pressentent qu'elle a parcouru sa trajectoire et ne répond déjà plus au goût du public qu'elle a pourtant réussi à dégeler. François Sentein, puis François Nourissier tentèrent courageusement de la ranimer et durent l'abandonner à leur tour. *La Parisienne* disparut sans bruit, ayant rempli sa mission : rassembler quelques amis, tirer des feux d'artifice, secouer la vie littéraire endormie. Déjà le « nouveau roman » montrait son nez. Les écrivains étaient une fois de plus invités à retourner sur les bancs de l'école et, comme l'a drôlement dit Boisdeffre, à écrire : « La cafetière est sur la table », avec toute la componction qu'implique une pareille découverte.

Il y a, paraît-il, 548 revues recensées en France (1984). Toute adolescence littéraire est remplie de rêves de revues. Des amis se réunissent, se chauffent le cœur en imaginant une publication dont ils seront, cela va sans dire, les premiers collaborateurs. On bâtit un premier sommaire, on sollicite quelques noms connus dans l'espoir qu'ils feront vendre, on ramasse un peu d'argent, des parents s'abonnent avec confiance et on sort trois numéros. Les réalités de la diffusion d'une revue ont vite raison du rêve. L'écrivain anglais Roland Camberton a très bien raconté cela dans *L'Intraitable* et Jacques Brenner l'a non moins bien raconté dans *Les Lumières de Paris.* La revue de celui-ci, *Les Saisons,* ballottée de mécène en mécène, a finalement sombré comme la *Revue de La Table Ronde, La Parisienne, Le Magasin du spectacle* (fondé par Kléber Haedens et Robert Laffont), *Hommes et mondes* et même d'autres, beaucoup plus anciennes et bien enracinées dans la vie littéraire française : le *Mercure de France,* la *Revue de Paris, Commerce* ou *Pléiades, La Revue grise.* D'autres fois une revue s'éteint avec celui qui en a été le fondateur et l'âme. A la mort d'Henri Martineau, *Le Divan* s'arrêta au 307ᵉ et dernier numéro, en 1958 après cinquante ans d'existence.

Le Divan reste un merveilleux exemple de la revue pour « happy few », joyau typographique dont l'érudition, le charme et la légèreté seront inimitables. Martineau la dirigeait depuis le début et, quand je le connus, il était installé depuis trente ans au 37 de la rue Bonaparte, dans la librairie du Divan dont une autre vitrine donne sur la place Saint-Germain-des-Prés. J'aurais dû le rencontrer depuis longtemps mais la vague crainte de n'être pas un assez parfait stendhalien pour lui me retenait. Par un hasard heureux, je l'ai dit, il avait loué mon premier roman et l'avait déclaré dans une interview du *Figaro*. Ayant appris, à mon retour des États-Unis, qu'il s'était piqué que je ne l'eusse pas remercié, j'hésitai encore un peu plus, bien que familier de la librairie où je venais souvent acheter ces plaquettes éditées par ses soins : vers de Tristan Derême, notes de Toulet, correspondance d'Eugène Marsan, essais de Jacques Boulenger et Pierre Lièvre. Quand enfin, je demandai à le voir, la vendeuse disparut dans un bureau et revint, le sourire aux lèvres :

— M. Martineau vous attend !

Il fut un peu brusque et je lui trouvai surtout un teint épouvantable : une grande feuille de mica orangé voilait sa fenêtre. Assourdie, la lumière filtrée baignait de tons tout à fait irréels les livres, les tableaux, les objets et les nombreuses photos accrochées au mur, si bien qu'au lieu d'écouter ce qu'il me disait, je me laissais distraire par tant de souvenirs qui racontaient une vie d'amitiés. Quand, à propos de je ne ne sais plus quoi, il dit : « Votre génération... », je me piquai. Il n'y a rien de plus irritant que d'appartenir à une génération. Lui, Martineau, n'appartenait à aucune. Lié aux meilleurs hommes de son temps, il ne restait pas figé dans les enthousiasmes et les complicités de sa jeunesse. En un demi-siècle de vie littéraire, il avait gaillardement pris pied dans chaque époque et gardait même le courage d'aimer la mode. Ce courage tenait à une idée très simple : ayant, une fois pour toutes, décrété que Stendhal était le seul, l'unique, il se sentait parfaitement à son aise pour aimer d'un amour léger les autres écrivains et goûter leurs charmes mineurs. Implacable pour ce qui touchait à son culte, il disposait complaisamment autour de son dieu un certain nombre de saints qu'il caressait à ses heures de détente.

Nous ne nous connaissions pas depuis cinq minutes que nous parlions d'un de nos saints communs : Paul-Jean Toulet. Ce fut pendant cinq ou six ans notre principal sujet de conversation. J'avais tout lu du Béarnais mais connaissais assez peu sa vie. Henri Martineau savait beaucoup. Je n'ose croire que c'est parce que je ne cessai de l'en prier qu'il commença de publier, par fascicules, une vie de Toulet. Ils sont là, ces fascicules, sur un rayon de ma bibliothèque, dédicacés « En amitié touletienne », un peu écrasés depuis 1980 par les deux volumes de Daniel Aranjo sur la vie, l'œuvre et l'esthétique du poète. Toulet n'appartiendra sans doute jamais qu'aux « happy few » mais il est de ces auteurs qui suscitent, après leur mort, de petites sociétés secrètes dont les membres éprouvent d'ineffables joies à se citer des vers et de fines impertinences.

Henri Martineau avait entrepris son étude sur Toulet avec une méticulosité qui attestait sa confiance dans le temps. Il abordait un nouveau demi-siècle de vie littéraire quand la mort le surprit. Son silence des dernières semaines, son agonie doucement cachée — à la librairie la vendeuse disait : il va mieux, il revient bientôt — révélaient la profonde blessure d'amour-propre que représentait pour un tel homme le sentiment brusque de toucher à sa fin. Le temps avait passé et il avait tant poli et repoli son Stendhal, ses propres éditions et celle de la Pléiade, il s'était tellement enchanté de l'esprit de Toulet que ses nuits et ses jours n'avaient jamais connu ni aube ni crépuscule.

Ses amis de jeunesse avaient disparu sauf Jean-Louis Vaudoyer. Dînant avec eux deux, j'éprouvais la grisante sensation que tout ce qui me préoccupait — souvent si futilement — était repoussé dans le futur alors que nous étions là, assis sur la molle banquette de Lipp, à essayer de retrouver deux vers égarés de Toulet ou Derême, une phrase à l'emporte-pièce de Stendhal sur Rossini ou Le Corrège... Il suffisait d'écouter pour retrouver le petit clan d'amis qui avaient consacré leur existence au service de la littérature, aimé passionnément le parfum des mots : Régnier, Tinan, Lièvre, Muselli, Jean-Marc Bernard et tant d'autres dont les noms déjà s'effaçaient probablement à jamais. La littérature, comme Catoblépas, se dévore elle-même, mais qu'importe si, à une époque, elle a réuni un groupe de jeunes hommes pour qui les jeux désintéressés de l'esprit ont été le ravissement d'une vie. Vaudoyer restait d'une impressionnante beauté et d'une élégance qui n'avait rien de suranné, alors que Martineau, travaillé par un ictère permanent, jaunissait de mois en mois, mais sous le masque fatigué on reconnaissait, bien que rasé, le frêle dandy à la barbe taillée comme celle de son ami Paul-Jean. L'un et l'autre lisaient toujours beaucoup. En cherchant dans de vieux numéros du *Divan* les notes critiques signées H.M., on s'aperçoit que Martineau se tenait parfaitement au courant des nouveautés, lisait d'un œil plus amusé que sévère, et que sa revue est une inépuisable mine d'informations et de jugements bien que la littérature qu'il avait passionnément aimée fût déjà tristement fanée. Les deux guerres mondiales avaient semé la violence dans les mots, enfermé la poésie dans un hermétisme de plus en plus arrogant, et les universitaires faisaient déjà main basse sur la critique, écartant d'un geste dédaigneux les amateurs, c'est-à-dire les amoureux des lettres. Le lourd appareil de la nouvelle critique armée de chiffres, de statistiques et d'hilarants instruments freudiens prétendait résoudre les mystères de la création littéraire. Dans le chaos intellectuel où nous baignions depuis la fin de la guerre, le bonheur d'une revue comme *Le Divan,* la conversation de Martineau et de Vaudoyer, leurs lettres — oh la sage écriture du premier et la belle écriture artiste du second ! — étaient évidemment de bien minces sauvegardes. On doit refuser son temps pour cause d'indignité, on ne doit pas lui tourner le dos.

Passer du *Divan* à *La Parisienne* dans la même journée, c'était vraiment changer de planète. Avenue de Tourville, dans l'appartement sous les combles, des jeunes gens mollement vautrés dans des fauteuils de cuir ou perchés sur de hauts tabourets devant une planche à dessin, étaient supposés travailler à la fabrication et à la mise en page de la revue, tandis que le rédacteur en chef, François Michel — pas le stendhalien, l'autre ! — en robe de bure jouait Scarlatti au piano. Je ne sais où Laurent l'avait rencontré, mais confier à cet étrange et séduisant petit homme aux allures de moine lubrique, le rôle d'animateur de la revue, était une idée géniale, à ceci près que François Michel, somptueux et généreux tout en n'ayant jamais possédé un sou, aimait mener la vie à grandes guides. Ce fut donc la fête aux Invalides. Florence Gould envoyait des caisses de champagne et faisait monter un dîner de chez le traiteur. Charles-Albert Cingria préférait le vin rouge et je crois bien qu'il hissait sa bicyclette jusqu'au 7e étage pour qu'on ne la lui vole pas. Léautaud plongeait un doigt endeuillé dans le corsage des dames pour trouver, dégoûté, qu'elles manquaient de poitrine. Marcel Aymé, hiératique, écoutait Arletty lui vanter les rouges, les blancs, les violets des princes de l'Église : « I' sont pas fous...i' z'aiment les belles couleurs. » Morand montait prendre un verre et laissait sur le bureau de François Michel le manuscrit de *Hécate et ses chiens* qui marqua — et avec quel éclat ! — sa rentrée littéraire après quelques années de purgatoire. Les frêles jeunes gens aux cils frisés du « service » de fabrication passaient les petits fours et remplissaient les verres. Au milieu de cette cohue où des journalistes et des écrivains qui ne se parlaient plus depuis la Libération s'ouvraient, désarmés, les bras et s'embrassaient, François Michel me faisait irrésistiblement penser au Roi Pausole bien gras, bien rond, l'œil pétillant de malice et de bonté, farfelu et précieux, érudit et drôle, jouant de son charme et ruinant allègrement Laurent qui n'était pas homme à mettre le nez dans les comptes de sa revue. Il fallut bien passer la main à François Sentein qui, sans moyens, recueillit une succession difficile et maintint brillamment *La Parisienne* quelques mois encore avant que Nourissier la prît et lui imprimât sa marque, mais de la lassitude s'était emparée des premiers collaborateurs. Le ton se fit plus sérieux parce que l'approche de la littérature chez Nourissier était plus grave que celle des farfelus de la première heure. Comme les amitiés se diluent quand on change de domicile, une revue qui change de toit perd ses habitués. Pourtant, il n'y avait pas loin de la place des Invalides à l'avenue Rapp, mais parfois un simple changement de trottoir ressemble à une rupture.

Entre-temps, *La Revue des Deux Mondes* entrouvrait sa porte. Quand Orengo me dit que son rédacteur en chef publierait volontiers une nouvelle de moi, j'eus du mal à le croire. *La Revue* n'était pas une de mes lectures favorites. Quand un numéro me tombait sous les yeux, son sommaire donnait le vertige : anciens ministres, anciens ambassadeurs, membres de l'Institut et, presque toujours, l'académicien de rigueur, racontaient des souvenirs ou rouvraient des dossiers poussiéreux. On avait l'impression de se trouver dans une antichambre du pouvoir où les retraités attendaient une crise, un désastre national pour reprendre du service. A mon étonnement, la nouvelle que j'offris plut au rédacteur en chef, Robert Bourget-Pailleron. Il me demanda seulement, à la prière du directeur, l'économiste C.-J. Gignoux, de changer un mot : une jeune femme, réveillée en sursaut après l'amour, émergeait de « ses draps ». Les lecteurs, paraît-il, n'aimaient pas qu'on parlât de « drap » dans une situation pareille. Mieux valait mettre qu'elle émergeait « de son lit ». Je corrigeai avec le plaisir que l'on soupçonne et devins un collaborateur assez régulier de *La Revue* qui me publia des nouvelles, des récits de voyage, deux romans en feuilleton, un portrait de Cocteau à Saint-Jean-Cap-Ferrat et de Maurras à Lyon. Gignoux et Bourget-Pailleron étaient deux hommes agréables et beaucoup plus accueillants qu'on ne l'aurait cru de prime abord. Un peu écrasés sous l'avalanche des pontifes, ils désiraient visiblement glisser, entre les essais des diplomates et ministres à la retraite, des textes nouveaux qui ranimeraient l'intérêt défaillant des abonnés du monde entier, car, peu de gens le savaient, mais *La Revue,* dans sa formule largement centenaire, restait le périodique français le plus lu en province et à l'étranger. Son prestige, assurait-on, restait considérable dans les milieux politiques bien pensants, en province et surtout à l'étranger, en Amérique du Sud où des abonnés de père en fils suivaient la vie littéraire et politique de la France à travers les articles de *La Revue,* gardant ainsi un sentiment rassurant : la France était éternelle, elle supportait tous les chocs de l'histoire et continuait, imperturbable, de donner au monde le sens de la mesure. Sous la IVe République, si semblable à la IIIe, *La Revue* faisait partie des institutions qu'on ne discute pas, ou à peine. Enfin, énorme avantage — qu'elle a perdu depuis — elle paraissait deux fois par mois.

Mme Gérard d'Houville tenait la chronique des livres. Fille d'Heredia, veuve d'Henri de Régnier on disait sa vie fort agitée : elle aurait passé sa nuit de noces avec Pierre Louÿs plus doué que son époux, été la maîtresse d'Henry Bernstein, puis celle d'André Chaumeix le précédent directeur de *La Revue* qui l'avait léguée à la rédaction. Elle était un roman à elle seule, la belle Marie de Régnier qui avait traîné tous les cœurs après soi et inspiré les poètes de l'école symboliste. Mme Gérard d'Houville — quel beau pseudonyme pour la bibliothèque rose — vivait recluse dans son appartement, correspondant avec l'extérieur par l'intermédiaire d'une femme de ménage, ne souffrant pas que des amis ou des inconnus vissent sur son visage autrefois si beau les ravages des années et les cicatrices d'atroces brûlures car elle avait failli mourir brûlée vive par la lampe de son fer à friser. Avait-elle aussi brisé tous ses miroirs ? A plusieurs demandes que je fis pour la rencontrer, elle opposa toujours des prétextes charmants et peu plausibles. Seule sa chronique — d'une bénignité absolue — la maintenait en vie. André Chaumeix avait également légué à *La Revue* une vieille secrétaire qui poussait des cris de pintade quand elle me voyait arriver et s'enquit, lorsque j'apportai le long récit d'une rencontre avec Cocteau, de savoir s'il n'avait pas eu un geste déplacé à mon égard. Masqué par des piles d'épreuves et de manuscrits, un secrétaire de rédaction centenaire, corrigeait la copie avec une aimable indulgence. Depuis combien de temps était-il là, lui aussi, vieilli sous le harnais, confit dans les besognes ingrates, puits de grammaire, champion de la ponctuation? Les directeurs, les rédacteurs en chef avaient défilé sans changer un iota à son travail de fourmi. Au demeurant un excellent homme que ma jeunesse d'alors, déjà relative, amusait comme une plaisanterie. En somme, un siècle était passé et *La Revue* avait traversé les tourmentes sans s'en apercevoir, protégée par les ombres tutélaires et barbues de Buloz et René Doumic. Dans les étroits bureaux, bas de plafond et meublés cossus, régnait une solennité qui annonçait sinon l'Académie tout au moins l'Institut, les Sciences morales et politiques ou les Inscriptions et Belles-Lettres. Je n'y pensais vraiment pas à cette époque-là, mais à la bienveillance paternelle et encourageante de certains collaborateurs, à de fines allusions j'aurais dû me douter qu'on voyait en moi un futur élu qui faisait ses classes à *La Revue*.

Je finis par me brouiller avec la direction pour de mauvaises raisons dont me poursuit encore le remords. La trentaine passée, on ne joue pas au pur et dur alors que des hommes d'une grande compréhension se sont laissés aller à un compromis d'ailleurs sans importance. J'ai donc quitté la revue en ingrat, le sachant fort bien et n'en étant pas plus fier pour ça, à la différence de Léon Bloy qui n'aimait rien tant qu'insulter ceux qui s'efforçaient de le faire vivre. Il est certain que j'eus raison dans le fond et complètement tort dans la forme. Si on accepte en souriant intérieurement de remplacer le mot « drap » par le mot « lit », on peut bien accepter qu'une revue décerne par complaisance un prix à un médiocre plutôt qu'à un véritable écrivain, en l'occurrence Daniel Boulanger qui a, depuis, reçu les consécrations qu'il pouvait espérer.

IV

Longtemps, je me suis couché très tard. Parfois, à peine la lumière éteinte, mes yeux se fermaient si vite que je n'avais pas le temps de me dire : « Je m'endors. » Une heure ou deux après, le jour m'éveillait; je voulais poser le volume que je croyais encore avoir dans les mains et éteindre la lampe de chevet; je n'avais pas cessé en dormant de revoir les visages, d'entendre les voix, la musique de jazz qui avaient peuplé ma nuit jusqu'à ce que — harassé, les tempes serrées dans un étau, la bouche amère d'avoir trop fumé et pas mal bu, conscient quand même que le discours de la nuit tournait au radotage comme un vieux disque rayé — je revienne rue Férou m'effondrer dans mon lit. En vivant la nuit — je veux dire en vivant *aussi* la nuit — j'avais l'impression de lutter à ma manière contre ce monstre caché au fond du labyrinthe : le temps dévorant. La lumière grise à la fenêtre signalait la fin de l'épreuve dont l'Ariane souvent fictive, parfois réelle, avait disparu au cours de circonstances que je ne me rappelais plus très bien, à moins qu'elle fût là, cheveux en désordre, visage enfoui dans l'oreiller voisin, étrangère dont j'avais hâte de me débarrasser tant elle semblait une intruse qui, par sa seule présence, dérangeait l'ordre des choses. Les événements — le théâtre ou le cinéma, puis l'itinéraire presque toujours le même avec pour variantes les nouvelles boîtes ou les nouveaux clubs qui s'ouvraient mais où l'on retrouvait presque toujours les mêmes noctambules — les événements me revenaient en mémoire comme les figures d'un rêve dont on cherche vainement à rassembler l'absurde puzzle. Et, comme dans les sorties de rêves, plus j'essayais de retrouver les étapes de la nuit, plus les détails s'effaçaient ou se fondaient dans un magma bruyant et coloré me donnant l'impression que, frappé d'amnésie, je traversais les nuits en somnambule sans pouvoir me souvenir de rien. Dans cet état, plutôt pâteux, les minutes qui me séparaient de l'heure où je devais me lever, étaient tout occupées à reconstruire une existence enfuie. Proust — dans les six premières lignes de ce chapitre sont un pastiche tout à fait volontaire — Proust construisait sa nuit avec des raffinements tantôt exquis (le quatuor Poulet réveillé à deux heures du matin pour un souper avec Morand) tantôt sordides (l'affaire des rats).

La crainte d'être seul, le malheur qui pesait encore sur ces années d'après-guerre jetaient dehors les hommes de mon âge. Il fallait vivre après avoir su que la mort était passée près, arrachant son tribut au hasard. Les survivants l'oubliaient comme il se doit toujours. Le film qui symbolisait le mieux cet état d'esprit était *La Fureur de vivre* de Nicholas Ray, avec l'inoubliable James Dean. Mais à Paris, on ne jouait pas les James Dean. L'espace manquait, encore qu'il y eût des voitures pour tuer : Huguenin, Camus, Nimier. D'autres, qui prenaient leur temps, se noyaient dans l'alcool. De « la fureur de vivre » de ces années-là, bien peu auraient formulé les raisons. Paris était de nouveau une fête comme Hemingway l'avait si joliment vu dans les années 20. Comment n'aurait-on pas été tenté d'y vivre le jour et la nuit? Dieu merci je me sentais solide et j'avais dressé mon foie à gagner la bataille des gueules de bois matinales sachant que l'essentiel est de ne pas s'arrêter. *Les Gens de la nuit* que je terminai en 1958 est le roman de l'adieu à cette forme de vie. Je ne l'ai pas relu depuis sa parution, mais me souviens qu'il contient des pages où le Paris de la nuit et de l'aube est évoqué à travers le regard voilé d'un homme qui erre de bar en bar, de boîte en boîte avant de s'écrouler dans son lit. Sortir est son unique moyen de défense contre de lancinants souvenirs.

Le recherche des épisodes de la nuit était le plus agréable moment du réveil. Dans mon carnet, je découvrais des numéros de téléphone, des noms difficilement lisibles, l'heure d'un rendez-vous avec je ne savais même plus qui. Au fond des poches traînaient des billets de banque froissés avec mépris. L'argent ne valait déjà plus grand-chose. Sur ces morceaux de nappe en papier apparaissaient de jolis dessins en couleurs (au vin, au café ou à la graisse), œuvres d'amis peintres que je rangeais dans un carton, perdu depuis. La nuit avait donc commencé par un dîner facile à situer grâce à la nappe de papier : grec au Vieux-Paris rue de l'Abbaye, russe chez Georges rue Mazarine, italien chez Alexandre rue des Canettes, oriental rue Grégoire-de-Tours, chinois rue Saint-Sulpice, mexicain rue Guisarde, alsacien boulevard Saint-Michel, une manière de voyager sans frais, comme je le faisais à New York où, à part les abominables drugstores, on ne déjeunait ni ne dînait américain. La suite, difficile à cerner, importait peu puisque tout se ressemblait et finissait le plus souvent rue du Bac dans un bar-tabac ouvert jusqu'à l'aube pour les typographes et les linotypistes de l'Imprimerie nationale. Cet étroit refuge que nous appelions élégamment le bar-Bac était tenu par une dame au maquillage de cinéma muet qui ressemblait à Zazu Pitts, actrice disparue après de nombreux rôles comiques, célèbre par un seul rôle tragique dans *Les Rapaces,* le chef-d'œuvre d'Eric von Stroheim. Mme Blanche veillait avec indulgence sur de grands enfants qui ne croyaient plus au marchand de sable et refusaient d'aller se coucher. C'était toujours le dernier des derniers verres. Elle a quitté son bar-tabac qui n'est plus ce qu'il fut et j'aime à croire qu'avec sa serveuse que nous surnommions Simone tant elle ressemblait à Simone Signoret, elle a parfois une pensée émue pour ces traîne-savates qui, mêlés aux ouvriers de l'Imprimerie, meublaient ses veilles de chansons, de propos désordonnés, d'altercations, de compliments légers comme des coups de marteau-pilon, qu'elle dominait, bien droite sur son tabouret, la taille étranglée à la manière de Polaire, essuyant de temps à autre, d'un doigt furtif, le fard qui coulait de ses cils étonnés. Le souvenir de cette ultime étape permettait de remonter dans le temps, de mettre un nom sous des indices : un parfum tenace, un mouchoir, un briquet, une clé glissée sous la table dans la paume de la main et dont j'avais négligé de me servir. Après une douche, tandis que je me rasais, le puzzle s'ordonnait avec son cortège d'insatisfaits, d'angoissés et même de joyeux drilles pour qui la solitude est intolérable jusque dans le sommeil. Je parle, bien entendu, des vrais noctambules dont le prince fut Léon-Paul Fargue.

La nuit, Paris dort comme dans le film de René

Clair. Le mouvement s'arrête. Alors, dans l'obscurité, les initiés se cherchent, se trouvent, se quittent, courent à des rendez-vous qu'ils voudraient mystérieux, et qui ne sont que des itinéraires de fuite, l'aveu d'une heure ratée, d'une compagnie ennuyeuse. L'absence des non-initiés, du peuple des fourmis qui se ruent au travail (« métro, boulot, dodo », a chanté Pierre Béarn) crée un vide impressionnant comme si une fantastique calamité s'était abattue sur la ville, ne laissant que des avenues désertes, des immeubles aveuglés par les volets clos, des boutiques aux rideaux de fer baissés, des poubelles devant les portes cochères. Dans le désert, des privilégiés munis de mots de passe frappent à une porte munie d'un huis. A l'intérieur, c'est l'étouffoir : des hommes, des femmes pressés les uns contre les autres se racontent des vies imaginaires. Ce qu'à la lumière du jour on n'oserait ni dire ni inventer est facilité par cette effrayante ivresse qu'est la fatigue. La nuit favorise aussi la violence, la libère en nous, soupape de sûreté à nos haines et nos passions. Dans cette griserie il y avait une part d'enfantillage pour beaucoup mais, pour certains autres, la nuit était le Léthé, le fleuve de l'oubli parce que tout y est plus facile : les simagrées de l'amour, les confidences vraies ou fausses, les serments qui n'engagent plus après la naissance du jour, les ambitieuses généralités. L'alchimie des nuits transcendait la parole et les sentiments, ouvrant les portes au délire, et peut-être est-ce pour cela qu'il était si difficile le matin de rassembler les morceaux brisés du rêve. Des fragments cependant revenaient par ricochets le lendemain ou des semaines, des mois après sous forme de brouilles incompréhensibles, ou de remerciements inattendus suivant que j'avais eu l'alcool mauvais ou l'alcool bienveillant. Nos amies buvaient moins et dansaient plus. La philosophie de bar les ennuyait. Elles étaient là pour s'amuser. Tard dans la nuit, il fallait les nourrir avant de les coucher et ce ne pouvait être qu'aux Halles. Maintenant que les Halles sont parties pour l'aseptique Rungis je me demande où les noctambules reprennent leur souffle et leur force. Au cœur de Paris s'ouvrait une plaie béante, grouillante de colosses rougeauds et de maraîchères vertes qui jonglaient avec les bœufs éventrés et les montagnes de primeurs et de fruits. Quand, après le silence des rues désertes, nous arrivions aux Halles, un extraordinaire vacarme brisait ce que la nuit avait eu de mélancolie feutrée. Amplifiée par la voûte des pavillons de Baltard, résonnait la rumeur éclatante des criées : voix perchées des femmes émergeant de leurs piles de cageots, voix énormes et chantantes des hommes. Remontaient en moi les souvenirs de la rue du Jour quand, à dix-neuf ans, assourdi par le vacarme des rotatives qui tiraient la dernière édition, je sortais dans la nuit humide, bousculé par les bouchers, pataugeant dans les trognons de choux, les carottes écrasées et les tomates pourries, titubant de fatigue pour regagner la rive gauche.

C'est vrai que j'aimais déjà la nuit dans ces jours précédant la guerre, mais elle ne m'apparaissait guère alors comme une fête, et si je croisais des femmes en robes longues, des hommes en smoking, je regardais avec un rien d'étonnement ces citoyens d'un autre monde dont, sans la condamner, je méprisais la futilité. La paix revenue, les hasards d'une manière de vivre me ramenaient là où j'avais fait mes débuts de journaliste, mais dans ce peuple de travailleurs j'étais à mon tour l'étranger qui dissipe ses forces pour ne rien manquer, qui se brûle les lèvres avec une soupe à l'oignon en face d'amis dont le néon sculpte cruellement les traits. Au comptoir, les bouchers couperosés, les harengères aux joues vernies sifflaient des verres de blanc sec. Ils avaient tant l'habitude de crier sous les pavillons qu'ils continuaient de s'époumoner face à face dans le brouhaha général. Une ombre grise affleurait sous la peau de nos visages exténués et des cernes mauves se dessinaient autour des yeux des femmes. Il était temps de rentrer, souvent à pied pour moi qui aimais traverser la Seine sur le Pont-Neuf, m'arrêter un instant pour contempler, dans ses eaux moirées, les reflets des réverbères à l'endroit où j'avais vu un jeune homme debout au bord du quai appuyer un revolver sur sa tempe, se tirer une balle et tomber à l'eau, aussitôt emporté par le courant. Le long des rues, je guettais les odeurs : saumure de la Seine, pourriture des poubelles, pierre à fusil qui montait des aérations du métro mêlée aux remugles crasseux des clochards couchés sur le grillage, et puis, lentement, en approchant du Luxembourg, l'air s'allégeait, comme si je quittais la ville pour me promener dans une clairière. L'Hiver, c'était le parfum de terreau des feuilles mortes, le Printemps l'indicible senteur des jeunes pousses de marronniers, et je croyais revenir d'un long voyage initiatique, chargé d'une expérience dérisoire, mais d'une expérience quand même.

Gardant en mémoire *La Chanson du Mal Aimé,* je me récitais les vers si prenants d'Apollinaire :

Triste et mélodieux délire
J'erre à travers mon beau Paris
Sans avoir le cœur d'y mourir...

ou ce fragment d'*Au cœur du monde* de Cendrars, moins connu mais tout aussi beau :

Ce ciel de Paris est plus pur qu'un ciel d'hiver lucide de froid

Jamais je ne vis de nuits plus sidérales et plus touffues que ce printemps
Où les arbres des boulevards sont comme les ombres du ciel,
Frondaisons dans les rivières mêlées aux oreilles d'éléphant,
Feuilles de platanes, lourds marronniers.
Un nénuphar sur la Seine, c'est la lune au fil de l'eau.
La Voie Lactée dans le ciel se pâme sur Paris et l'étreint
Folle et nue et renversée, sa bouche suce Notre-Dame,
La Grande Ourse et la Petite Ourse grognent autour de Saint-Merry.

Comment ai-je tenu ? Je ne sais pas. Il m'arrivait de tituber d'épuisement pendant la journée. Un week-end à la campagne avec une pile de livres me remettait d'aplomb, ou bien je restais un mois sans boire d'alcool et, grâce à un placebo d'eau gazeuse, le plaisir des nuits blanches restait le même. Tout cela n'aurait pas eu beaucoup de sens, si je n'avais férocement tenu à travailler le jour. Il me semble que, pour équilibrer cette vie de bohème nocturne, j'y mettais une rigueur, une volonté oubliées maintenant que mes nuits sont sages. J'ai quand même écrit ces années-là trois ou quatre livres. Courts et hâtifs, ils se ressentent des brèves heures libres que je sauvais entre les travaux alimentaires et les plaisirs de la nuit, mais enfin ils existaient — pour moi du moins — et me protégeaient du néant dans lequel je risquais de sombrer. Même écrits avec une rapidité qui m'étonne aujourd'hui si j'y pense, ces livres témoignaient d'une raison d'être. Je n'étais pas tout à fait le ludion nocturne qu'on aurait pu croire, j'avais un secret qui ne regardait pas mes amis d'un soir, le rêve d'un livre, qui, brisant avec les fêtes de la nuit, reprendrait les obsédants thèmes de la fatale défaite de juin 1940 vécue sous l'uniforme par ma génération avec tant de rage et de désespoir.

L'amour déçu dessille les yeux : la patrie n'était plus en danger, mais elle se liquéfiait. Comme une montgolfière en détresse elle lâchait tout aux applaudissements d'une clique. Peut-être fallait-il, en effet, abandonner ces territoires lointains que notre faiblesse — plus morale que physique — empêchait de défendre, mais pas en criant victoire comme le fit Simone de Beauvoir le jour où le Vietminh écrasa l'armée française à Diên Biên Phu. Cela commençait à peine. D'autres morceaux du pays se détacheraient de nous au lâche soulagement général, mais ce n'étaient pas ces territoires perdus par des sabotages politiques ou d'humiliantes défaites, qui nous déchiraient, c'était le sort des millions d'êtres qui, portés par un élan irrésistible, avaient un moment cru en la France généreuse, encouragés par des promesses que dans le secret des négociations parallèles on décidait déjà de ne pas tenir. Sans remords la métropole abandonnait ces derniers fidèles à des tyranneaux qui ne représentaient qu'une poignée de valeureux tortionnaires. Des génocides qui suivirent, nous avons à peine entendu parler. Je ne sais pas qu'un seul de ceux qui luttèrent avec parfois du talent pour la « libération » de l'Indochine ou l'indépendance de l'Algérie soit allé à genoux demander pardon à ces peuples troqués contre le confort de la métropole à des dictateurs ou des militaires auprès de qui le père ou la mère Ubu sont l'image de la raison et de la morale.

Dans les convulsions de l'après-guerre, le monde traversait une crise aux conséquences prévisibles et dramatiques. D'année en année, le code du savoir-vivre politique entre les peuples, le respect de la parole donnée, le sens de l'honneur, la rigueur des idées et des principes, l'estime réciproque sans lesquels il n'est pas de jeu possible et de paix assurée, étaient bafoués, bientôt enterrés avec honte — mais un instant de honte est vite passé — sans autre bénéfice que notre misérable et fragile petite paix interne. Et encore, à la fin des années 50, n'avions-nous pas tout vu : Amin Dada, Bokassa, Khomeiny, Kadhafi, Lumumba, Sekou Touré, Pol Pot, sinistres clowns sanglants d'un monde livré à l'anarchie au nom d'un sacro-saint sens de l'Histoire. Ce sens de l'Histoire s'emballait et les combattants des rizières d'Indochine, et bientôt des djebels d'Algérie, mouraient pour des gouvernements qui les poignardaient impunément dans le dos.

Au questionnaire de Proust que me demanda de remplir le magazine *Livres de France* en 1962, je répondis à « quelle est votre devise ? » : « Les carottes sont cuites. » Blondin, lui, préféra dire : « Remettez-nous ça ! » Passe pour un verre de blanc au comptoir de son bistrot favori, mais revoir ces années déchirantes dépasserait mes forces, si j'en juge déjà par l'angoissante tristesse qui m'a étreint à voir *Le Chagrin et la Pitié* de Marcel Ophuls. La boutade de Nimier — « la fin du monde civilisé » — se révélait le seul constat lucide de cette seconde moitié du XXe siècle qui a vu l'Europe courir au suicide, fonçant comme un taureau débile dans la muleta rouge. On colmatait des brèches alors que le navire sombrait. Alors... la fête ? Elle voilait la réalité. En mémoire, je gardais extraite d'un recueil de pensées juives une rassurante moralité de Georges Levitte : « Dans l'orgie même et dans l'imbécillité, il est une certaine sagesse », désinvolte justification de mes plaisirs tandis que mûrissait lentement, pour naître plus tard, le roman des *Poneys sauvages* en tête duquel je citerais le terrible anathème du Maître de Santiago : « Je ne suis pas de ceux qui aiment leur pays en raison de son indignité. » Oui, j'ai pensé cela, comme Montherlant, puis les années et le recul que donne la vie à l'étranger m'ont fait mesurer l'ingratitude et l'inhumaine sévérité de la sentence. Les errements de la France sont la maladie du monde moderne et les conséquences de la faiblesse des démocraties face aux totalitarismes qui les condamnent soit à mourir soit à les imiter.

La France d'avant la guerre mondiale m'a élevé, nourri de sa langue et de sa pensée. Les plus belles heures de ma vie, je les ai passées avec ses écrivains, la pillant, lui arrachant ses mots, ses intonations, passant par toutes les nuances de ses arcs-en-ciel, ces mouvements littéraires qui l'ont animée, provoquée, et même souvent reniée pour tenter, en vain, de l'oublier. Sa mythologie est la mienne, et j'aime qu'au contraire des anciens Grecs qui peuplaient la leur de dieux mesquins et fourbes à l'image des hommes, elle soit habitée par d'exigeants héros qui invitent au dépassement de soi : sainte jeune fille en armes délivrant la patrie, saint roi mourant au retour de la Croisade, mécènes princiers accumulant sur leurs têtes une splendeur qu'ils lèguent à la nation, poètes maudits, Chouans fous de Dieu et d'Honneur, chevaliers sans reproches, ermites émaciés aux visages brûlés par les vents de sable, savants innocents qui se laissent dépouiller de leurs inventions, aristocratiques musiciens, peintres, sculpteurs, architectes qui ont le mieux compris leur temps, marins ivres d'espace, penseurs qui ont traité la métaphysique noblement, d'égal à égal, sans lui faire d'horribles enfants comme les philosophes allemands. Rien n'aurait été concevable hors de cette langue dont, à la fin du XVIIIe siècle, Rivarol saluait l'universalité en des termes qui nous paraissent peut-être emphatiques aujourd'hui que le français recule partout dans le monde, mais qui reflétait son époque, une époque royale. C'était le règne de Louis XVI, ne l'oublions pas, souverain outragé par l'Histoire, guillotiné par son peuple, tant les Français se font une loi de l'ingratitude. Le discours de Rivarol, prononcé à Berlin, date de 1783. Six ans après commence la débâcle que 1989 s'apprête à célébrer avec une orgie de discours, de glorifications insensées, de théâtre bégayant du sous-Brecht, d'un opéra même, dit-on, mais ce ne sera pas *Le Dialogue des Carmélites*. Historiens à vos pupitres ! Paul Valéry aurait pu ajouter que les langues aussi sont mortelles. Qu'une seule génération cesse de la parler, et une langue agonise dans les mains d'universitaires qui tentent en vain d'en sauver les structures. Entreprise désespérée : une langue n'est vivante que dans la bouche d'un peuple qui la triture, la malmène souvent mais l'enrichit de ses naïvetés, de son bon sens, de sa philosophie de la vie, de ses bonheurs d'expression.

Dans un sens différent — voisin quand même — j'ai connu les plus forts dépaysements dans les pays où le français n'est pratiquement pas parlé, aux États-Unis en particulier où de 1950 à 1951, pendant près d'un an, je n'entendis que très rarement ma langue. Insensiblement, j'en arrivai à penser en anglais, ne lisant plus pour mon information que des journaux, des livres américains. Si forte était l'imprégnation qu'à San Francisco, dans une médiocre chambre du Y.M.C.A., je sentis l'impérieuse nécessité d'écrire quelque chose, n'importe quoi qui me rendrait ce que j'étais en train de perdre. Naquirent les premières pages d'un roman que je ne continuai pas, absorbé quelques jours plus tard, à Hollywood — cette fois dans une luxueuse chambre du Beverley Hills Hotel — par un petit travail que me confia Billy Wilder, mais ces premières pages, amorce de *La Corrida,* inspirées par la fête du Hallowe'en et le déferlement des enfants masqués et costumés dans la ville, à l'assaut des tramways, des autobus, des voitures particulières, ces premières pages étaient là comme une sorte de remords, la promesse que je me faisais d'écrire de nouveau en français dès que les circonstances le permettraient. Il me suffit de les relire pendant le long trajet en train qui m'emmena de Los Angeles à La Nouvelle-Orléans pour découvrir que je perdais mon identité sans en acquérir une nouvelle. Les mots s'enfuyaient avant d'être cernés, des tournures m'apparaissaient soudain comme de maladroits anglicismes échappés à un paresseux traducteur.

En somme, il m'arrivait en cette année 1950 ce qui arrive au français d'aujourd'hui où l'apport de l'anglais international n'est plus enrichissant comme il l'a parfois été, mais au contraire, signe d'appauvrissement : à la chair, à l'odeur, à la musique des mots, une main invisible substitue des éléments synthétiques, la plupart du temps détournés de leur sens originel.

A La Nouvelle-Orléans, je retrouvai non seulement des Français, mais des Louisianais de vieille souche qui éditaient une bien misérable gazette, émouvante par sa vanité de maintenir une tradition française et surtout j'allai dans la réserve d'un de ces bayous qui inspirèrent à Flaherty son chef-d'œuvre *Louisiana Story*. Là, se perpétuait une tribu — je ne trouve pas d'autre mot plus exact — d'Acadiens dont les bouches édentées mâchouillaient un parler normand vieux de deux siècles, et qui, pour rien au monde, n'auraient compté en « dollar » et continuaient de vendre leurs sconses, leurs peaux de caïmans en « piastres ». Enfermés dans la réserve où ils ne toléraient — si j'en jugeais par l'écriteau qui barrait la route — ni la police ni les Noirs, ils s'accrochaient à un passé dont ils ne savaient d'ailleurs presque plus rien que des légendes, fiers d'être un peuple à part avec sa langue, ses coutumes, ses lois sauvages, fiers d'avoir refusé la conscription pendant la Seconde Guerre mondiale en se faisant passer pour débiles mentaux, ce qu'ils n'étaient nullement, comme en assuraient la ruse et la malice qui brillaient dans leurs yeux. Ils votaient en masse pour un député qui les haranguait en français, Dudley Le Blanc, petit homme fiévreux et passionné, vrai personnage de Mark Twain, charlatan qui profitait de sa campagne électorale pour vendre un produit magique : l'Hadacol, sorte de vin tonique dont la composition défiait les lois fédérales. Sans écoles, sans journaux, sans livres et probablement sans religion, les Acadiens de Louisiane avaient résisté à l'énorme laminage des États-Unis en niant tout simplement la langue anglaise. Je gage qu'aujourd'hui s'ils ont la télévision, leur étonnante résistance s'est effondrée, minée par les feuilletons romanesques et la surinformation, ces puissantes lessives à cerveaux qui emportent dans leur torrent les débris de nos identités, déracinent les êtres les mieux enracinés et préparent une culture de masse universelle qui ne puise plus rien dans la raison et la sensibilité de la sagesse des nations. Leur exemple si fragile, si grossier fût-il, servait de leçon en un moment où j'étais prêt à basculer dans une langue qui ne serait jamais pour moi qu'apprise et garderait toujours des zones d'ombres et d'incertitudes.

En fait, la tentation n'avait pas été la langue, mais la vie aux États-Unis telle que me permettait de l'explorer une bourse de la Fondation Rockefeller. J'aimais leurs écrivains, leur théâtre, leur cinéma et, par-dessus tout, leurs admirables musées ou ces immenses espaces sauvages que les films sur la conquête de l'Ouest avaient immortalisés dans la mythologie de ma génération. Quittant les villes où un Européen croyait déjà marcher dans le futur, on retombait dans des paysages du début du monde. Le présent n'existait pas : on vivait dans la préhistoire ou dans l'avenir. C'était un creuset fantastique de races, d'ethnies, de religions, et si on se laissait choir dans ce creuset on en ressortait broyé, malaxé, hagard, pas encore Américain mais déjà contemplant avec autant d'admiration que d'étonnement la génération qui suivait, parfaitement américanisée, ponts coupés avec les origines. Une génération pour devenir Américain ? Ça ne m'intéressait pas. Les Acadiens de Louisiane avaient carrément refusé cette assimilation. J'imagine que si on lui en avait laissé la possibilité inhumaine une équipe de chercheurs — comme il y en a tant aux États-Unis financées par de généreuses fondations — aurait ouvert leurs cerveaux pour en examiner les circonvolutions où se cachait ce mal étrange : le refus de l'américanisation. Au fond du cœur des Acadiens de Louisiane, demeurait très vague, très brouillée la France de leurs aïeux qu'ils auraient été incapables de situer sur une carte. Tout se rétractait dans ce langage que je comprenais d'ailleurs assez mal, dont les syllabes mâchées, torturées, avalées ne laissaient plus que des demi-mots, mais avec soudain des images, une propriété de termes qui surprenaient comme dans le patois, y compris l'argot de Paris, si riche d'inventions et de symboles.

Ainsi est-ce par un singulier détour des choses que la langue française, qui m'était toujours apparue comme le plus naturel des instruments de communication, se révéla être un lien beaucoup plus puissant avec le pays qui l'avait mûrie et perfectionnée au cours des siècles. Elle était la subtile essence d'un peuple, la raison de sa grandeur passée, le moule qui donnait à la pensée sa pénétration, son élégance et sa clarté. J'avais collectionné les mots comme d'autres collectionnent les timbres, mais il devenait évident qu'à l'origine une ingénieuse alchimie avait présidé à leur sens. Plus que d'en rassembler des myriades, il importait de les ordonner dans un jeu de patience — un « puzzle » en franglais, un « jigsaw » en anglais — jusqu'à l'éclosion d'une juste expression. Autant dire qu'il s'agit là d'une tapisserie de Pénélope, ouvrage sans fin, parfois même désespérant, à la limite de l'impossible, mais auquel le français apporte toujours la solution la plus juste. La beauté formelle de notre langue ne m'est jamais apparue avec autant d'évidence qu'au contact de langues étrangères qui ont toutes une tendance à caricaturer le caractère national, à accentuer son lyrisme par l'emphase; la rudesse des sentiments par sa raucité; le complexe de supériorité d'un peuple par son affectation. Si le français est apparu un moment comme la seule langue digne d'être universelle, c'est que sa pureté même interdisait ces excès. L'ombre de Valery Larbaud ne me contredira pas. Cet amoureux des langues tenait sa correspondance en italien, en anglais, en espagnol, en portugais et je crois qu'il savait aussi l'allemand, mais c'était coquetterie de sa part, politesse profonde, ses correspondants usant tous d'un français parfait, sinon d'autant d'élégance que le sien. Pensons aussi à Stendhal qui, en ingénu conspirateur, obsédé par la pensée que la police lirait ses écrits intimes, les truffait d'anglais d'école et d'italien de cuisine, puis se libérait en ce français irrésistible d'enthousiasme qui n'appartenait qu'à lui. Il n'y a pas d'écrivain français qui ait troqué sa langue contre une langue étrangère même dans des cas de bilinguisme total comme Julien Green élevé en France, ou Marguerite Yourcenar qui vit aux États-Unis, alors que nous avons vu nombre d'écrivains étrangers changer de langue avec une étonnante facilité, Conrad le Polonais apprendre l'anglais à plus de vingt ans et nous donner une œuvre admirable d'élégance et de mystère; Vladimir Nabokov le Russe passer du russe à l'allemand, au français, à l'anglais; Koestler le Hongrois aller du yiddish à l'allemand puis à l'anglais ; Vintila Horia le Roumain écrire en roumain, en français, en italien, en espagnol avec une déconcertante facilité ; Cioran le Roumain aussi, devenir le grand moraliste français.

De l'amour d'une langue à l'amour d'un pays, il y a un lien si fort qu'on ne le brise jamais malgré des mouvements d'humeur, des coups de désespoir, des accès de rage. En reprenant à mon compte l'anathème terrible du Maître de Santiago : « Je ne suis pas de ceux qui aiment leur pays en raison de son indignité », je ne faisais que céder à un de ces mouvements qui assimilent à tort la France à ses naufrageurs, mais il me suffisait de quelques vers de Racine :

« ... *Mais fidèle, mais fier, et même un peu farouche,*
Charmant, jeune, traînant tous les cœurs après soi,
Tel qu'on dépeint nos dieux, ou tel que je vous voi. »

une page des *Mémoires d'outre-tombe* :

« ... *J'ai rencontré Madame Guiccioli à Rome, Lady Byron à Paris. La faiblesse et la vertu me sont ainsi apparues : la première avait peut-être trop de réalités, la seconde pas assez de songes.* »

ou de Stendhal :

« *Le départ du dernier régiment de l'Autriche marqua la chute des idées anciennes : exposer sa vie devint à la mode ; on vit que pour être heureux après des siècles de sensations affadissantes, il fallait aimer la patrie d'un amour réel et chercher les actions héroïques.* »

ou ces yeux qui s'ouvrent dans les *Illusions perdues* :

« *Quoique le vulgaire n'admette pas que les sentiments changent brusquement, il est certain que deux amants se séparent souvent plus vite qu'ils ne se sont liés. Il se préparait chez Madame de Bargeton et chez Lucien un désenchantement sur eux-mêmes dont la cause était Paris. La vie s'y agrandissait aux yeux du poète, comme la société prenait une face nouvelle aux yeux de Louise...* »

il me suffisait de rouvrir un de ces auteurs que j'aimais tant pour oublier le dédaigneux anathème montherlantesque.

V

Ayant quitté la presse sans regrets, à la fin de 1955, j'entrai chez Plon, appelé par Orengo à un poste de son invention qui ne m'enfermerait pas dans un bureau et me laisserait respirer un peu d'air au moins dix jours par mois : au nom de la maison d'édition, j'irais visiter les rédacteurs en chef des journaux de province, les grands libraires, déjeuner avec les quelques critiques qui comptaient, si rares fussent-ils à l'époque, les tenants de la rubrique se contentant de reproduire les prières d'insérer. L'idée n'était pas mauvaise car il s'agissait aussi de pousser à la publication en feuilleton de quelques-uns des romans à l'eau de rose que Plon — ancien grand éditeur de Delly et autres célébrités de ce genre — continuait de publier discrètement avec un petit succès bien que l'audience des vierges rêveuses et pures en attente d'un prince charmant et chaste jusqu'au jour du mariage eût singulièrement diminué. Je n'ai jamais lu un seul de ces romans mais Sabine Berritz qui dirigeait la collection me les résumait avec une malice que je n'ai pas oubliée. Ainsi rencontrai-je en province des dames à la poitrine généralement opulente, chargées du choix des feuilletons, qui m'écoutaient avec délices, la larme à l'œil, rajouter des épisodes à ces berquinades d'un autre temps. Je me souviens de l'une d'elles, à l'avant-scène particulièrement avantageuse, fière d'avoir publié quelques vers à compte d'auteur grâce auxquels elle était devenue membre de la Société des gens de lettres, qui, minaudant avec une grâce éléphantesque, avouait son plaisir à Max du Veuzit et Delly : « Ce n'est peut-être pas de la grande littérature, mais ça détend... on ne peut pas lire tous les jours du Dost*r*oëwski. »

J'endossai avec plaisir ce nouveau rôle de missus domini, heureux de dévorer des kilomètres au volant de ma jolie voiture de sport. Les autoroutes n'existaient pratiquement pas. A peine sorti de Paris, on plongeait dans la campagne, traversait des hameaux, des villages, des petites villes qui sont maintenant rendus à la solitude de la France dite profonde. Les grandes migrations de l'été vers le Midi ou la Bretagne ignorent désormais cette France qui vendait dans les rues et au bord des routes les produits de son artisanat. Comment résister à la tentation en traversant Montélimar de s'acheter du nougat, à Thiers un couteau, à Saint-Claude une pipe, à

Ambert une fourme, à Cambrai des bêtises, à Toulouse des violettes. Mille bouis-bouis guettaient le voyageur pas trop pressé, annonçant pour trois francs six sous d'époustouflants menus dans des salles à table d'hôte animées par des voyageurs de commerce dont la conversation apprenait des choses passionnantes sur la mercerie ou les engrais. On y goûtait ces vins de pays qui ne sont pas si bêtes que ça. Mais ma préférence allait aux restaurants de routiers. Si, peu après midi, on apercevait plusieurs camions garés sur une aire de stationnement, c'est que l'endroit était bon, la frite croquante et l'entrecôte tendre. Témoin silencieux, on écoutait ces colosses au physique à la John Wayne, tous affublés de surnoms ou de diminutifs, habitués du parcours et souvent d'une des serveuses, fleurant le café arrosé, dispensant à qui voulait les entendre une morale de la route, code très strict dont ils étaient les gardiens sourcilleux. Un jour, saisi par un accès de lyrisme dans *Le jeune homme vert*, je les ai comparés à des chevaliers errants dans leurs caparaçons d'acier. Me relisant peu, j'avais oublié cette page quand Félicien Marceau qui me reçut sous la Coupole la cita longuement. C'était bien la première fois que l'Académie entendait célébrer les amours brèves des camionneurs et leurs charges héroïques.

Je suis d'autant plus heureux de cet hommage quasi officiel que les autoroutes ont porté un coup mortel aux relais des routiers, les remplaçant par d'immenses mangeoires aseptisées à l'ozone qui débitent sous cellophane une bouffe aux origines indicibles. Je regretterai toujours les arrêts d'autrefois et ces gros bourgs, ces villages serrés amoureusement autour de leurs églises, maintenant retombés dans un quiet isolement à peine troublé par le lointain et lancinant grondement des grandes voies de communication qui les dédaignent. Dans mon souvenir, la plus belle de ces routes est restée la N 7 d'abord parce qu'elle me conduisait vers le Midi où je prétendais avoir affaire bien plus souvent que nécessaire, et surtout parce qu'elle est une idéale illustration de la France avec des noms de villes dont l'énumération est une longue litanie de bonheurs d'expression :

Fontainebleau, Nemours
Montargis et Briare
La Charité-sur-Loire
Saint-Pierre-le-Moûtier
Montélimar, Valence
Orange, Aix-en-Provence

qui me rappelaient la comptine chantée par ma mère dans mon enfance :

« Orléans, Beaugency
Notre-Dame-de-Cléry
Vendôme, Vendôme... »

A « Vendôme, Vendôme » on croyait entendre sonner des volées de cloches et le piétinement sourd des pèlerins en marche, comme Valence est l'annonce des olivettes et des orangeraies, comme Aix est irrésistiblement une tremblante lumière filtrée par les platanes sur le cours Mirabeau et la terrasse du café des Deux-Garçons.

Tous les autres pays avaient été ou seraient des curiosités, une plongée dans l'exotisme — même de pacotille, c'est encore de l'exotisme — qui nourrit les imaginations, mais la France parlait comme ma mémoire, à Vézelay, à Chinon, au Mont-Saint-Michel, tout le long de la Loire gardée par les plus beaux châteaux du monde, à Auray où, à chaque voyage en Bretagne, j'allais revoir la sinistre fosse remplie des ossements des martyrs. Du fait que les fonctions de mon père nous avaient souvent appelés à déménager, je n'étais ni tout à fait un Parisien ni tout à fait un provincial. Nous n'avions jamais eu de maison de campagne où nous retrouver chaque été dans l'odeur de la cire et des pommes blettes, autour d'aïeux bienveillants. Grands-pères et grand-mères avaient disparu avant que j'en prisse conscience. Des amis d'enfance dont j'aurais partagé les jeux ? J'en avais aussi changé comme de domicile et il n'en est pas resté. Par la suite, les affinités m'en ont offert beaucoup plus que ne l'auraient pu les commodités d'un voisinage. Ainsi, sans racines véritables qui attachent viscéralement à une région, une maison, se sent-on à l'aise un peu partout en restant une sorte de vagabond de luxe, et je suis quand même devenu romancier bien que Chardonne ait dit qu'on ne le devient pas si l'on n'est pas né dans un village, une petite ville. Il plaidait pour son saint et, certainement, quelques-unes de ses plus belles pages tournent autour de Barbezieux, dans la bonne société charentaise qui fut la sienne, mais, les dernières années de sa vie, il a éprouvé le besoin de s'évader, et, à partir de *Vivre à Madère*, il a ouvert les yeux à un autre monde que, sans cesser d'être lui-même, il a évoqué avec une étonnante lucidité : le Portugal, l'Italie, la Grèce.

Bien sûr, au cours de ces voyages d'un dilettantisme sur lequel Orengo, d'ordinaire si sourcilleux, fermait les yeux, je passai par Barbezieux dont je n'aurais pu deviner la bourgeoise noblesse, l'élégance discrètement décadente si je n'avais gardé en mémoire quelques-unes des pages de Chardonne : « En vérité, il y a quarante ans, dans une petite ville de Charente, tout le monde était heureux autant qu'il est possible sur terre; on ne souffrait que de maux éternels... »

A Guéret, déception! Je ne retrouvai pas le Chaminadour de Jouhandeau. Il ne décrivait pas sa ville natale (« Ce n'est pas la nature qui m'intéresse au premier chef, mais l'homme »), et pourtant je l'avais imaginée d'après la foultitude des personnages dont ses chroniques la peuplaient. Hélas, comment identifier les Pincengrain, les Terebinte, M. Godeau, Véronique et tous les autres ? Jouhandeau avait créé plus de personnages que Guéret-Chaminadour ne compte d'habitants. La ville était charmante, aérée, avec de beaux arbres centenaires, et les Guérétois obligeants quoique discrets. Dans la triste chambre d'hôtel aux murs d'affreux papiers peints, à la lueur d'une ampoule jaune, je relus des pages de Jouhandeau. Elles effaçaient la médiocrité de ce que je venais de voir, elles haussaient Guéret à la hauteur d'un mythe. La toute-puissance des écrivains est formidable. Avec des riens, ils recréent un monde mille fois plus passionnant que la vérité.

Manosque aussi me déçut un peu. J'y allai avec, en poche, la plaquette de Giono, *Manosque des Plateaux*, éditée (1941) par Charlot en Alger, ornée d'un frontispice de Lucien.Jacques : la belle tête de Giono jeune, son grand front, son regard pensif et le nez busqué qui donnait tant de caractère à son visage. La route de Digne traversait les Basses-Alpes dont la beauté perce le cœur dès qu'on pense à Giono : « ... Du côté du Nord, la vue vole sur la grande tempête des collines. La houle des terres bout à gros bouillons ronds et épais. Là-haut, tout au fond, elle se jette sur le ciel bleu et elle écume une Alpe pointue et blanche. Dans les vals, de pauvres fermes tanguent dans l'huile luisante des olivaies et des bois de chênes verts. Parfois un pigeonnier émerge et crache des pigeons. Là, vivent des hommes qui se laissent pousser la barbe et ont les yeux clairs. » Oui, tout cela sonnait vrai, mais Manosque au cours des dernières décennies, sans perdre tout à fait son charme, se laissait contaminer. Ou était-ce moi qui l'avais reconstruite dans sa rugueuse beauté, d'après Giono, d'après la promenade du Hussard Angelo sur les toits ? Giono, me dit-on, était chez lui. Nous avions des amis communs. J'aurais pu frapper à sa porte. Il m'aurait reçu, ou prié de repasser l'après-midi s'il travaillait, mais je n'ai pas osé, regrettant bien après cette réserve qui tenait à mon respect pour l'homme et son œuvre. Plus tard, j'ai compris à Spetsai ou en Irlande quel plaisir réel est la visite impromptue d'un jeune homme qui se présente les mains nues, a mille questions à poser, repart sans en avoir risqué aucune et sans se douter qu'il m'a innocemment apporté la preuve que les mots sont vivants.

Je revenais par Arles rien que pour m'asseoir un instant sur une des tombes et me réciter l'envoûtante invocation de Toulet :

Dans Arle où sont les Aliscans
Quand l'ombre est rouge, sous les roses
Et clair le temps,
Prends garde à la douceur des choses,
Lorsque tu sens battre sans cause
Ton cœur trop lourd ;

Et que se taisent les colombes :
Parle tout bas, si c'est d'amour,
Au bord des tombes.

L'ombre n'était pas rouge, les roses avaient disparu, mais les tombes étaient là, verdies de mousses, étrangement alignées comme les soldats pétrifiés d'une funèbre procession sous les marronniers jaunissants. Je prenais bien garde à la douceur des choses, si rare dans le monde où nous vivons. A Guéthary, la tombe de Toulet envahie par le laurier dans le cimetière qui semble descendre doucement vers les eaux pâles du golfe de Gascogne, portait, gravés dans la dalle grise, les titres de ses œuvres. Je m'asseyais, les *Contrerimes* à la main, pour lui rappeler un cher souvenir :

Il n'est plus, ce jour bleu — ni ses blanches colombes —
Ce jour brûlant, où tu m'aimas parmi les tombes.

Au retour du Sud-Ouest, je traversai le Poitou de mon cher Maurice Fombeure :

Ô lieux charmants et bocagers
Parcourus d'ombres, de mirages
Éventés de sommeils légers
De la grosse voix des orages.
Frais du ruisseau qui coule à peine
Dans le chuchotis des roseaux,

Bosquets où monte dans les chênes
La plainte agile des oiseaux.

Mais hélas tout est bien changé
Dessus cette riante plaine :
Les pipeaux n'ont plus de bergers
De bergères en porcelaine...

Quelques heures après, regagnant la rue Férou, je passais rue du Vieux-Colombier. Si Fombeure n'était pas à son balcon, pipe au bec, humant l'air du soir, son chat, Marc Adolphe Papillon, dans les bras, ou chez Lipp avec ses amis les poètes, il se tenait au café à l'angle de la rue Bonaparte, sa serviette de professeur jetée sur le zinc, éclusant le dernier verre de la journée, couperosé, goguenard, boudiné dans son manteau de drap, la voix matoise passant par des crescendos à faire trembler les vitres puis retrouvant une douceur ingénue, presque enfantine pour dire les choses tendres que l'amitié lui inspirait. A cette dernière halte, avant la rentrée au bercail à peine éloigné de quelques pas, il m'apparaissait toujours comme un homme joyeusement déchiré entre le désir de retrouver la femme qu'il a tant aimée, qui lui a inspiré quelques-uns de ses plus beaux poèmes, et l'envie de rester avec les complices de sa vie enchantée. Depuis que j'avais acheté, presque par hasard, en 1942, *Greniers des Saisons,* une plaquette éditée par Seghers, je le tenais pour un des très grands poètes français, une sorte de miraculé du verbe qui lui venait tantôt avec gaieté, tantôt avec une aérienne mélancolie. Quand, terrassé par la maladie, il est resté des années immobilisé, aphasique, le refrain de son *Requiem* m'a hanté :

« *Je vis pour ne pas mourir.* »

Plus qu'aucun autre trouvère de son temps, Maurice Fombeure a exprimé le bonheur et l'honneur d'être poète. Peu de jours se passent sans que j'ouvre un de ses livres ou l'anthologie présentée par son ami Jean Rousselot. Sa musique caresse les êtres, les paysages, les choses, touche au mystère et au sacré, effleure l'ineffable. Ce n'est pas un géant qui se collette avec la métaphysique, un furibond verbeux, un oracle qui cache sous une obscurité magistrale un misérable trésor de lieux communs, non, c'est un poète de France, ému et goguenard, qui rit à travers ses larmes et saisit au vol les images de sa vie, nos images. Il a vécu ce que Robert Sabatier appelle si bellement « l'état princier ». La chance a voulu qu'en 1980, ayant avancé son nom pour le Grand Prix de poésie de l'Académie, je fusse suivi à l'unanimité par notre compagnie. Six mois après, Fombeure mourait, le 1er janvier. Ma consolation a été de savoir, par son fils Jacques, que le message lui était parvenu dans la demi-ombre où il vivait pour ne pas mourir... Dans l'empyrée des poètes, j'espère qu'il a retrouvé ses frères de cœur, Villon, Toulet, Apollinaire et boit avec eux ce beaujolais couleur de rubis, spécialité du café Saint-Sulpice où nous nous retrouvions.

Fombeure en Poitou, Giraudoux en Berry, Rimbaud dans les Ardennes, La Varende en pays d'Ouche, Larbaud en Bourbonnais, Maurras aux Martigues, Mauriac dans le Bordelais, Béraud dans le Lyonnais... Je ne vais pas recommencer cet ingénieux Tour de France qui dura plus de deux ans sous les prétextes les plus divers. Dominait l'impression que la géographie française était éminemment littéraire. A chaque tour de roue, surgissait le souvenir d'un écrivain, d'un poète, d'un peintre, d'un sculpteur comme si, au cours du dernier millénaire, ce pays n'avait été qu'une ruche bourdonnante, un vaste atelier d'artistes, un phalanstère où ils s'étaient épanouis dans la considération et le respect de leurs concitoyens. Plaques, tombes, monuments ne suffisaient pas. Où ailleurs voit-on des villages adjoindre à leur nom celui du poète qui les adopta pour sa retraite : Milly-Lamartine, Milly-Cocteau ; ou s'installer même carrément dans la fiction : Illiers-Combray ? Des visites organisées avec des guides débordant d'imagination suivaient les itinéraires de nos grands romans. On montrait à Nancy la maison où

Mme de Chasteller était apparue pour la première fois à Lucien Leuwen défilant, sur sa rosse, avec son nouveau régiment ; à Angoulême la hautaine demeure de Mme de Bargeton ; au château d'If les cellules d'Edmond Dantès et de l'abbé Faria.

Ne sourions pas ! C'est la gloire des écrivains d'implanter l'imaginaire dans le réel et de jeter la confusion dans les esprits. Bientôt, cette confusion devient la seule vérité qui compte, la seule à laquelle nous voulons croire. Le besoin de prendre le romanesque pour argent comptant n'est pas un vain jeu, mais une impérieuse nécessité. N'est-ce pas pour cela que, si prévenu que nous soyons contre les légendes, nous ne visitons pas Vérone sans aller sur la tombe de Roméo et Juliette, ou Famagouste sans arpenter les ruines de la forteresse qui vit Othello étrangler Desdémone ?

Au début de ces voyages en spirale, j'emportais certainement trop de livres. Ils emplissaient mon coffre et je n'en terminais en fin de compte qu'un ou deux, le soir dans ces mauvaises chambres d'hôtel froides qui sentaient le pied, où rien n'avait jamais été prévu pour lire. L'expérience me rendit plus raisonnable et j'emportai seulement une anthologie poétique, tantôt celle de Kléber Haedens, tantôt celle de Thierry Maulnier avec son admirable préface, ou celle de Gide qui ne casse pas des briques mais qui a l'avantage d'être dans la Pléiade. Je ne fis exception que pour *Les mémoires d'un touriste* et le *Journal de voyage de Bordeaux à Valence* (1838). Ces écrits de circonstances, hâtifs, souvent bâclés, et dont d'autres, plus érudits, ont relevé les nombreux emprunts à Mérimée et à l'historien Millin restent pourtant du meilleur Stendhal par leur impétuosité. Ouverts pendant un trajet, ils réveillent toute curiosité qui s'endormirait. On y retrouve en liberté son appétit de vivre, sa démente mobilité, ses partis pris. J'essayais de le suivre à la trace et, bien que ma voiture fût infiniment plus rapide que ses diligences ou ses pataches, j'y arrivais à peine. Puisque, quand on parcourt la France, on aime aussi la « manger » dans son étonnante diversité, je m'amusais à relever les goûts gastronomiques de Stendhal. Après les délirants menus de Rabelais, la littérature française s'est peu intéressée à la table. On ne saura jamais de quoi dînait la princesse de Clèves ou la présidente de Tourvel si souvent affligée de migraines. Et, en fait, on n'en sait pas beaucoup plus sur les menus des héros de Stendhal. A Waterloo, Fabrice, au bord de l'épuisement, se restaure avec du pain et de l'eau-de-vie, et c'est encore du pain et de l'eau-de-vie que lui apportera l'abbé Blanès dans sa cachette du lac de Côme. Après le meurtre du comédien Giletti, Fabrice s'attarde dans une trattoria pour manger une omelette. En sécurité chez l'abbé Blanès, il s'inquiète de la petite Marietta qui n'a plus son protecteur, Giletti, pour la nourrir. « Eh, Grand Dieu, se dit-il, qu'est-ce que ces gens-là mangent ? C'est à faire pitié. J'aurais dû faire à elle et à la Mammacia une pension de trois beefsteaks payables tous les jours. »

Aussi peu de souci de la bonne chère correspond mal à l'auteur, même si nous soupçonnons qu'il fut plus gourmand que gourmet, et très porté sur les desserts. Dans la fameuse liste des *Privilèges* il se souhaite deux fois par jour : « Deux livres de pain, un beefsteak cuit à point, un gigot idem, une bouteille de Saint-Julien, une carafe d'eau, un fruit, une glace et une demi-tasse de café. » Éloigné de l'Italie, il rêvera des gâteaux de Savoie ou, surtout des « Zambajon » (sabayons) qu'il prenait au café Pedrocchi à Padoue, et dont la recette donne une idée de la valeur en calories : « Crème liquide à base de vin et de liqueur, d'œuf cru, de sucre et d'aromate. » A Paris, il se contentera de glaces plus légères qu'il déguste sous un cèdre du Liban dans le jardin de Cuvier. A Paris encore, il déjeune avec Paul-Louis Courier chez Biffi, rue de Richelieu, de macaronis, de soupes au parmesan et de plats italiens, ce qui n'est pas très indiqué à un homme menacé d'apoplexie. En voyage, il emporte son thé dans de petits sachets pour lesquels l'eau n'est jamais assez bouillante dans les auberges.

Sur les vins il tranche vite et note le lendemain d'une représentation d'*Hernani* : « Le vin de Champagne et *Hernani* ne m'ont point réussi. » En revanche, à Trieste il supporte bien le lourd vin de Chypre et à Rome l'acide Orvieto. Traversant le Bordelais il s'intéresse au Saint-Estèphe, goûtant avec plaisir au Château-Cos-d'Estournel. En Bourgogne, il trouve peu avenante la montagne de la Côte-d'Or, mais boit du Chambertin, du Clos-Vougeot, du Romanée, du Nuits-Saint-Georges : « Avec l'aide de tant de gloire, on finit par s'accoutumer à la Côte-d'Or. » A Lyon il s'ennuie tant des conversations à dîner qu'il préfère les oracles de la *dive bouteille*, « huit ou dix sortes de vins de Bourgogne ; on peut les comparer à des bouquets de fleurs ». Il tient pour « sublime » le vin de l'Ermitage, un bon Côtes-du-Rhône dont, dans son *Guide des Vins* (1970), Philippe Couderc dira qu'il est plus moelleux que ses confrères rhodaniens.

On devine que Stendhal a mal mangé quand, au cours de son voyage, il décrète que le paysage est laid et monotone. Ainsi en Touraine où sa mauvaise humeur lui a fait quitter la table d'hôte sans attendre le dessert. A Bordeaux, son excitation double sa fringale. Après un déjeuner avec « un appétit étonnant » (il paye 2,16 F) il ressent le « besoin impérieux de prendre le second riz au lait de la journée », et, dans la foulée, à Bayonne, recommencera (pour 3 F cette fois !) avec « un fort passable vin de Bordeaux ». Irun n'a jamais été considérée comme une ville exaltante à visiter, et pourtant elle lui a laissé un souvenir d'ailleurs mitigé : « J'ai eu une sorte de bouillie de pain pour potage; très bonne. Un bon riz avec des pois chiches qui, cuits, ressemblent au maïs et n'ont aucun goût; un morceau de lard environné de feuilles coupées en carrés, de la grandeur d'une pièce de dix sous. Ce foin était fort amer; le vin comme de l'encre; un ragoût avec sauce laquelle a un goût si étrange que je ne puis continuer ma côtelette... Dîner : 50 sous. » Après quoi il va fumer un cigare dans la cuisine, n'ayant pas reconnu au passage le dur vin de Galice qui teint de violet les bols de porcelaine blanche dans lesquels on le sert. En bon gastronome, à une époque où le poisson est réservé avec une certaine tristesse aux jours maigres, il s'empiffre de « soles excellentes, d'une profusion de poissons et de fruits de mer ». Il est vrai que c'est à Granville en Normandie, où on ne saurait trouver de poisson plus frais. Il aime citer ces vers de Berchoux :

Le Sénat mit aux voix cette affaire imposante,
Et le turbot fut mis à la sauce piquante.

à quoi, il ajoute, en connaisseur : « A Paris, on sert à part le turbot et la sauce piquante. » Il ne dédaigne pas non plus les poissons d'eau douce et se délecte, à la Grande-Chartreuse de Sapey, de carpes frites et d'œufs, ayant pris soin de se faire apporter du café par un domestique venu de Fourvoirie, les chartreux dédaignant ces plaisirs. D'un dîner il dira : « Il avait le premier des mérites, il était abondant », ce qui confirme bien ce que nous pensions : plus gourmand que gourmet, mais sourcilleux sur la qualité du pain (il n'aime pas le pain bis), fou de thé ou de café (en Suisse, il y ajoute du lait), aimant être servi avec le sourire et de préférence par de jolies filles (en Normandie, il note qu'elles ont les cheveux couleur d'étoupe !).

De cette lecture par le petit bout de la lorgnette, hachée au hasard des itinéraires vagabonds de cette époque, je retirai l'impression délicieusement familière d'avoir partagé la table de Stendhal aux heures où la bonne chère et les bons vins excitaient sa verve. Il est agréable d'avoir pour compagnon de voyage un homme qui ne chipote pas dans son assiette et caresse la bouteille. Un buveur d'eau m'a toujours paru suspect. L'alcool, si peu que ce soit, donne des ailes à la parole. Adolescent, Stendhal avait été timide et gaffeur, parfois même banal jusqu'à s'en écœurer lui-même. A sa première visite chez les Daru (en 1799, il a dix-sept ans), comme on lui demande ce qu'il pense de Paris, il trouve que ça manque de montagnes et d'arbres ! Sa maladresse de jeune provincial le hantera, surtout dans le milieu parisien si superficiel, si caustique, mais il saura rapidement prendre sur lui-même et s'imposer, fût-ce parfois avec un certain désordre comme dans le salon de Delecluze qu'il agace de son « babil et de ses paradoxes », ou chez Delacroix qui — après un mouvement d'humeur (« ce Stendhal est un insolent qui a raison avec trop de hauteur et qui parfois déraisonne ») — revient sur son hâtif jugement et, plusieurs fois, regrette la brutale disparition du « pauvre Beyle ». Un homme qui ne parle pas ou qui parle à tort et à travers doit apprendre à maîtriser sa conversation pour mieux la libérer ensuite. La table l'aide. Il arrive à Stendhal de boire plus qu'il ne faut. On connaît le croquis de Musset qui, descendant le Rhône avec George Sand, nous a laissé la cruelle image d'un lourdaud dansant sur le pont du bateau, coiffé d'un gibus, habillé d'un raglan de voyage, chaussé de bottes fourrées, un foulard à la main. Une grâce d'éléphant, pathétique pour celui qui ne partage pas son ébriété. C'est quand il est ainsi vulnérable que Stendhal nous émeut. Qu'avait-il besoin de ces pitreries pour plaire ou amuser ses compagnons de voyage ? A Grenoble, encore étudiant à l'École centrale, il avait éprouvé une certaine satisfaction à se faire traiter de « fier fat » par ses camarades. Et, certes, de fatuité il ne manquera pas plus que de fierté, mais de fierté blessée. Comme son sens de la dérision est grand, il est le premier à se moquer de lui-même, à étaler ses échecs. Quel autre homme raconterait avec autant de franchise des défaillances dans le goût de celle du chapitre III des *Souvenirs d'égotisme* (1821) ? Trois pages superbes sur la visite au bordel de Mme Petit, en compagnie de Lussinge, Barot et Poitevin, joyeux drilles qui ne sont même pas des amis. L'objet désiré est une nouvelle pensionnaire, Alexandrine, « une fille élancée de dix-sept, dix-huit ans, déjà formée, avec des yeux noirs... Elle était douce, point timide, assez gaie, décente ». Lussinge passe le premier. « Après un intervalle effroyable, (il) revient tout pâle... » C'est le tour de Beyle. Fiasco complet. En approchant Alexandrine, il a pensé à Métilde, celle qu'il croit avoir le plus aimée, parce qu'elle s'est toujours refusée. Il ne lui vient pas à l'esprit qu'en des circonstances aussi graveleuses, un corps de femme, se prêtant quelques minutes après le départ de Lussinge à un nouveau simulacre de l'amour, n'enthousiasme qu'à demi. Non, il invoque Métilde, excuse plus romantique qu'un certain dégoût pour une chair fraîchement tripotée par un prédécesseur. Ou peut-être a-t-il bu trop du champagne et du punch abondamment servi à ses clients par Mme Petit. La fille n'a pas été discrète et Barot qui succède à Beyle apprend l'échec de son camarade. Se tordant de rire, il revient au salon avec Alexandrine joliment nue :

« Ces messieurs, dit Stendhal, voulaient me persuader que je mourais de honte et que c'était là le moment le plus malheureux de ma vie. J'étais étonné et rien de plus. » Pour un écrivain, un échec de ce genre est presque une aubaine, et ce jour-là a préludé à l'écriture, cinq ans plus tard, d'*Armance*. D'une défaillance passagère — et on ne peut plus explicable — il tire un étonnant effet : évocation irrésistible de Métilde, sincérité absolue du convive de table d'hôte qui, pour effacer le malencontreux souvenir, aurait pu lire à son audience la lettre que lui adressa Clémentine Curial :

« Je voudrais passer des mois entiers avec toi et qu'il ne me fût pas possible de rien t'accorder ; c'est seulement alors que je me croirais bien aimée. Quant aux tours de force d'un certain genre, j'en profite, mais ne les estime point et je te jure qu'il me semble que c'est parce que tu as été trop sublime sous ce rapport que je me suis sentie du refroidissement. Il m'a semblé que c'était une manière trop vulgaire de prouver ta tendresse... »

Un mois plus tard, elle lui écrit encore :

« Ta petite lettre de samedi m'a fait éprouver un sentiment semblable à celui que me cause ta jolie main quand elle est en promenade sur mon vieux cuir : tu devrais me les prodiguer plus souvent... »

Sont-ce là des lettres à un « babilan » ? Elles datent de 1824, trois ans après l'affaire du bordel de Mme Petit. Clémentine est une fausse ingénue au long cou, à la bouche sensuelle, aux grands yeux rêveurs sous un bel arc de sourcils fournis. Elle a trente-six ans (un cuir qui n'est pas si vieux que ça !). Il en a cinq de plus qu'elle. A quarante-sept il « tombe » Giulia Rinieri qui lui déclare en l'embrassant : « Je sais bien, et depuis longtemps, que tu es vieux et laid, mais je t'aime. »

La rupture avec Giulia ne fut pas sans l'attrister profondément sur le coup, enfin... pas trop longtemps, car le lendemain il déjeunait à Tivoli à l'Auberge de la Sibylle, en compagnie du comte Alexandre Tourgueniev et c'est avec délectation qu'il se souvient des pigeons qu'on leur servit « si gras, si exquis que Cambacérès s'en faisait expédier à Paris ». Adieu Giulia et bon appétit quand même !

Suivant ou croisant les itinéraires de Stendhal, j'ai eu, grâce à ses *Mémoires d'un touriste* et à ses écrits intimes, le compagnon de voyage rêvé. Un homme qui a du plaisir à table et avec les femmes est une des chances de la vie. Il lui arrivera seulement de cancaner, de débiter des ragots ou d'inventer avec malice des histoires qui viennent heureusement s'insérer entre de plates et ennuyeuses descriptions de monuments que, le plus souvent, il n'a même pas vus. Il y a cent sujets de roman dans ces trois volumes, l'esquisse de *Chroniques françaises,* parfait diptyque des *Chroniques italiennes,* en moins sombre bien sûr, Stendhal ayant décidé, une fois pour toutes, qu'en Italie seulement germaient les sentiments passionnés alors qu'en France, la vanité, le respect de soi étouffaient les élans du cœur. A la fin de son tour de France, il a cinquante-quatre ans. Il ne lui reste plus que quatre ans à vivre. Il s'enferme rue Gaumartin, fait dire par son portier qu'il est à la chasse, et dicte en cinquante-deux jours *La Chartreuse de Parme.* Tout se passe comme s'il éprouvait le frénétique besoin d'épuiser les ressources de son imagination si fertile, tantôt en « sublimes » feux d'artifice, tantôt en plaisantes trivialités de table d'hôte pour éblouir ses interlocuteurs.

Nature double, dira-t-on. Seuls les imbéciles n'ont qu'un visage. En prenant Stendhal comme compagnon de voyage, je ne cessai de penser à ce que ses accès de gaieté cachaient de réelle tristesse. A un être tout semble avoir été donné : talent, amitié, vie (relativement) facile, indulgences à ses frasques, protections dans sa carrière, honneurs, générosité, amours heureuses, pourtant une ombre passe dans son regard, la voix tombe un instant, il rentre en lui-même et se redresse à force de courage. L'ombre s'appelle Mathilde Viscontini-Dembowski, qu'avec son anglomanie et son goût pour les masques il a toujours appelée Métilde, prénom qui semble sorti d'une des premières comédies légères de Corneille. Elle n'est pas la plus belle de celles qu'il a aimées, si l'on en croit ses portraits présumés : visage triangulaire, petit menton pointu, nez assez fort, lèvres minces plutôt sèches, mais le regard est d'une intelligence rare face au portraitiste qu'il scrute avec un soupçon d'ironie. Un moulage de sa main est plus parlant : le pouce ceinturé dénote une intelligence aiguë et vive ; l'index plus long que l'annulaire est signe d'orgueil, d'autorité et peut-être même d'ambition. Quant à la signature, elle est ferme, parfaitement lisible et le trait qui souligne le patronyme annonce sûreté de soi et hauteur. Dans son exaltation, Stendhal compare Métilde à l'Hérodiade de Léonard de Vinci. En fait le tableau n'est pas du Vinci mais du Milanais Bernardino Luini comme on peut le voir au Musée des Offices à Florence. Le rapprochement, vrai ou rêvé, obsède Stendhal : vingt ans après la brouille avec Métilde, il évoque à nouveau Hérodiade dans *La Chartreuse de Parme* à propos de la belle marquise del Dongo, puis, quelques chapitres plus loin, ayant oublié sa comparaison, il prête le visage d'Hérodiade à la Sanseverina, bien que les deux femmes n'aient aucun lien de sang et soient seulement belles-sœurs. Obsession, obsession... Il s'en délivrait passagèrement en glissant Métilde dans son œuvre romanesque. Alors, quel plaisir de jeter cette Hérodiade dans les bras du lieutenant Robert, du comte Mosca, d'Ernest-Ranuce. Par héros interposé, Stendhal obtenait ce que Métilde lui avait refusé. Vengeance d'auteur, imparable même par les plus vertueuses des femmes. Comment avait-elle dit non à ce merveilleux homme débordant de tendresse ? Réflexion faite, se dessinaient d'assez banales raisons : elle en aimait un autre (peut-être le poète Ugo Foscolo) ; elle restait fidèle à son mari volage (cela s'est vu !) ; Beyle, paralysé d'amour, perdait près d'elle sa gaieté, sa verve (« L'apparition d'une femme qui lui plaît fait baisser à l'instant la valeur de l'homme », Montherlant) ; elle le trouvait laid (et, pour elle, il dit un jour : « si l'on parvient à préférer et à aimer la laideur, c'est que, dans ce cas, la laideur est beauté ») ; elle appréciait peu que, malgré ses déclarations d'amour, il continuât de coucher avec des filles ; coquette, elle a poussé trop loin le jeu. On peut imaginer ainsi cent raisons plausibles dont aucune ne satisfait vraiment. Le lecteur entré dans l'intimité de Beyle ressent un vrai chagrin pour son nouvel ami même s'il se console en apprenant que le dédain de Métilde a inspiré un assez monumental traité de physiologie amoureuse. Eût-il possédé Métilde que nous n'aurions pas *De l'amour*. Balzac avait raison qui prétendait qu'une nuit d'amour c'est un livre de moins. En se refusant, Métilde accouchait son soupirant malheureux du livre-clé de l'œuvre stendhalienne. Sa contribution involontaire à *De l'amour* est aveuglante à chaque page, soit que Stendhal s'inspire de sa mélancolique expérience, soit qu'il cherche à briller dans un dernier effort pour la séduire. Jusqu'alors, il a écrit de jolis livres emportés et flamboyants : *Vies de Haydn, de Mozart et de Metastase*, une *Histoire de la peinture en Italie* et la première édition d'un allègre *Rome, Naples et Florence*. Tout n'est pas de lui. Il a peu de scrupules et plagie sans vergogne des auteurs italiens, pourtant, comme plus tard dans les *Mémoires d'un touriste*, son écriture cursive est reconnaissable, entre toutes. On ne saurait demander à Métilde de pressentir le destin de cet encombrant admirateur qui, dans une crise de jalousie, la suit pour l'espionner à Volterra où il croit qu'elle rejoint un amant alors qu'elle est venue pour ses deux fils, pensionnaires au Collège San Michele. Métilde voit en lui un balourd dont, sur les conseils de sa cousine, Mme Traversi, elle ne tarde pas à se méfier. Cette Mme Traversi est un personnage non négligeable de la grande mésaventure amoureuse de Beyle. Elle haïssait les Français et avait, dit-on, trempé dans le meurtre du comte Prina, ministre des

Finances du Royaume d'Italie, défenestré et dépecé par la populace « pour avoir fait pendant dix ans la fortune de son pays » (Bardèche). Elle n'eut de cesse qu'elle détruisît dans l'esprit de Métilde ce Français, suppôt de Napoléon, dont l'imprudence verbale risquait d'attirer l'attention de la police autrichienne. Stendhal avec son goût fou de la liberté, ses idées politiques d'un lyrisme éperdu, oubliait facilement que son regretté Empereur avait fait peser sur l'Italie une main de fer qu'on n'était pas près d'oublier. Le défaut des Français est toujours de croire qu'on les adore. Hélas, dans les années qui suivirent la débâcle napoléonienne, leur crédit s'épuisait. Entraînée par le poète Ugo Foscolo, Métilde, ardente patriote, a certainement trempé dans les conspirations des carbonari qui s'inquiétaient de la présence auprès d'elle de cet oisif vivant très au-dessus de ses moyens. Les amis de la jeune femme, aiguillonnés par l'affreuse Traversi, la mirent en garde contre le turbulent personnage dont les frasques révélaient l'inconstance, alors que Stendhal satisfaisait la bête pour n'être qu'angélisme avec la femme aimée.

La rebuffade (de l'italien *rebuffo*) essuyée à Milan sera transcendée. Banni de chez Métilde, Stendhal est libre de la réinventer selon ses goûts. Il l'inséra dans son œuvre et, de page de journal en page de journal, de chapitre de roman en chapitre de roman, elle est la mesure avec laquelle il créera, jugera ou aimera d'autres femmes, maîtresses réelles ou héroïnes de fiction.

Dans *Vanina Vanini,* la princesse est la reine du bal romain offert par le banquier B. Ni les souverains allemands, ni les seigneurs anglais, ni le prince Livio Savelli ne réussissent à l'émouvoir, mais quand elle apprend qu'un carbonaro s'est enfui du château Saint-Ange en poignardant ses gardiens, elle répond à Livio qui lui dit :

— De grâce, qui pourrait vous plaire ?

— Ce jeune carbonaro qui vient de s'échapper ; au moins celui-là a fait quelque chose de plus que de se donner la peine de naître.

Allusion à peine voilée de la passion de Métilde pour les comploteurs qui rêvaient d'unir et de libérer l'Italie. Quand, dans *La Chartreuse de Parme,* Clelia lâche à Fabrice ce reproche : « Je me suis attachée à un homme léger : je sais quelle a été sa conduite à Naples », c'est encore Métilde doutant de l'amour d'un homme qui a toutes les apparences d'un libertin. Le discours qu'il n'a pas su ou osé faire à Métilde, le docteur Sansfin l'administre à Lamiel : « Il y a doublement à gagner à écouter la voix de la nature et à suivre tous ses caprices : d'abord l'on se donne du plaisir qui est le seul objet pour lequel la race humaine est placée ici-bas ; en second lieu l'âme humaine fortifiée par le plaisir, qui est son élément véritable, a le courage de n'omettre aucune des petites comédies nécessaires à une jeune fille pour gagner la bonne opinion des vieilles femmes... » Et cette mise en garde suivie d'une prompte réponse : « Le danger de la doctrine du plaisir c'est que celui des hommes les porte à se vanter sans cesse des bontés que l'on peut avoir pour eux. Le remède est facile et amusant; il faut toujours mettre en désespoir l'homme qui a servi à vos plaisirs. » Il y a de la Métilde encore dans Mme de Chasteller qu'un événement extérieur et indépendant de sa volonté a empêchée d'avouer à Lucien Leuwen qu'elle l'aimait, comme Métilde le voulait un jour, ou, du moins, se l'imaginait-il.

On n'en finirait pas de relever, dans l'œuvre de Stendhal postérieure à l'échec de Milan, tout ce qui rappelle Métilde. C'est un astre que sa mort en 1825 fait briller d'un éclat encore plus vif. Disparue, elle est entièrement à lui comme Béatrice est à Dante. Comme le Florentin de sa Gentilissima, il a espéré dire d'elle « ce qui n'a jamais été dit d'aucune femme ». Vœu fou que les amants un tant soit peu graphomanes font tous sur l'autel des passions. Par la vertu d'une secrète alchimie qui opéra dans le cœur de Beyle, le lancinant regret laissé par Métilde est métamorphosé en diamant. Avec l'espoir incertain d'une reconnaissance de la postérité, c'est la seule fortune en ce bas monde, d'un homme voué à la solitude.

Le Milan tant aimé de Stendhal m'est longtemps resté indéchiffrable. Dans les années qui suivront la guerre, j'ai dû le traverser vingt fois sous la pluie, dans le froid ou ces brouillards qui ne s'éclaircissent et ne se déchirent en lambeaux que dans la vallée du Pô. Je n'aimais guère. Milan me rappelait trop la maussaderie de Lyon sans avoir, pour le sauver, la Saône verte et le Rhône bleu, deux divinités qui purifient la ville de ses miasmes. Quand, grâce à une déviation, on ne fut plus obligé de traverser Milan pour gagner le Sud, j'oubliai la capitale lombarde, assuré dans ce sentiment par un mot d'Arrigo Boïto, poète et compositeur (1842-1918), qui, en 1914, sollicité de souscrire au Comité pour l'hommage à Stendhal, envoya son obole mais tint à demeurer anonyme : « Aujourd'hui, disait-il, Beyle n'aimerait plus Milan. » C'est probablement mal connaître le *Milanese* d'adoption qui gardait le souvenir inaltérable d'une ville découverte dans l'exaltation de l'adolescence et la gloire des armées françaises. La renier eût été, pour lui, renier sa jeunesse et la découverte de la vie. Faute de généreux intercesseurs quelque clé avait dû me manquer pour comprendre cette ville secrète et compliquée. Malgré tout je gardais au fond du cœur le désir de retrouver les traces de Stendhal, de mettre un jour mes pas dans les siens, de longer des rues qui le conduisaient de son domicile, Corsia del Giardino, à la place delle Galine, puis à la place Belgioioso où habita successivement Métilde. Mais avec les années, un siècle et demi, les ombres refroidissent, les fantômes se fatiguent, les villes changent de rythme et j'y aurais renoncé si, un jour, Milan ne m'avait fait un signe auquel je fus plus que sensible : le courrier m'apporta un superbe album d'art : *Tesori d'arte in Lombardia*, accompagné d'une de ces lettres qui touchent infiniment un écrivain. C'était « L'hommage de sympathie Pietro Zari », un groupe de Milanais (je comptai une vingtaine de signatures) qui se réunissaient une fois par mois pour parler de livres français et, tous les ans, élisaient leur roman préféré. Le choix tombait sur moi en ce début 1971. Je n'avais qu'à imaginer leurs réunions, leur intérêt passionnel et désintéressé pour la littérature française, et me dire que les apparences sévères, même parfois hostiles de Milan, celaient de belles délicatesses, un attachement profond aux écrivains de France. Ce signe, les circonstances ont voulu que je misse longtemps à y répondre, et c'est seulement en 1979 que je retournai à Milan avec l'idée d'y découvrir, par un de ces hasards dont les génies du lieu sont tantôt avares, tantôt prodigues, les vraies raisons de l'attitude de Métilde. J'avais même en tête le projet d'en tirer un livre sur le thème : une femme qui se refuse à un poète est assurée d'un piédestal, bien que le conseil risquât de se retourner contre les poètes.

Hélas, il suffit à un « amateur » de pénétrer

dans une bibliothèque comme la Braidense pour se décourager. Je n'allais pas passer six mois à essayer de trouver miraculeusement les lettres de Métilde à un amant caché, ni les preuves de son apparence au mouvement des carbonari. Je me contenterai du Musée et de la bibliothèque de la Scala dont le Maestro Giampiero Tintori me facilitait l'accès. Là, dans de petites pièces sombres et dévotes, me fut aussitôt indiqué ce qui concernait Stendhal et l'opéra. De quoi écrire mille pages si l'envie m'en prenait. C'était désespérant. Heureusement, le musée de la Scala offrait aux visiteurs les visages des cantatrices les plus admirées de Beyle : l'impertinente Elena Vigano, la plantureuse Giuditta Pasta, la Grassi, la Malibran, superbes créatures dont les voix éteintes depuis longtemps résonnent encore pour nous dans les écrits de leurs fervents. Il avait été leur familier, parfois même leur ami bien qu'il fût un critique sans indulgence. Elles étaient les magiques interprètes de ce qui ravissait le mieux son âme : la musique qu'il ne sut jamais ni écrire ni jouer malgré de touchants efforts. En contemplant leurs portraits, me revenaient des bouffées des airs qu'il aimait par-dessus tout : « *Quelle pupille tenere* » du *Mariage secret* de Cimarosa, le premier opéra qu'il entendit en 1800 à Ivréa (ou peut-être à Novara), le rôle de Caroline étant chanté par une actrice « qui avait une dent de moins sur le devant ». Il mettait cet opéra-bouffe sur le même pied que le *Don Juan* de Mozart. « Je ne sais combien de lieues je ne ferais pas à pied ou à combien de jours de prison je ne me soumettrais pas pour entendre *Don Juan* ou *Le Mariage secret.* »

A part la Vigano (mais peinte par une femme, elle a peut-être été flattée) et la Malibran (mais elle est espagnole et le peintre Pedrazzi n'a pas fait grâce à ses mains), ces dames souffraient de regards bovins, de poitrines en soufflets de forge qui n'incitaient guère à la passion une fois le rideau tombé. La scène, la musique, leurs admirables voix les transfiguraient.

Une de ces divas me sembla dominer les autres par son genre de beauté : Barbara Marchisio telle que Simonetti la peignit au pastel. Dès l'instant où mes yeux rencontrèrent ce visage, je sus que je l'avais connu tant il faisait penser irrésistiblement par sa minceur, sa noble sévérité et le voile de gaze protégeant le cou et les cheveux, à Pauline de Théus dont l'aventure avec le hussard Angelo avait meublé une nuit blanche de Noël. Du beau visage émanait la certitude d'une vie dédiée à son art. Contralto rare, elle avait été, avec sa sœur Carlotta, la seule parmi toutes ces soprani au timbre de cristal. La ressemblance *imaginaire* tenait au dessin parfait du front, du menton, au nez un peu fort, signe de caractère. Comment évoquer ces traits hautains surgis du temps, sinon en reprenant la comparaison gionesque du « fer de lance » ? Stendhal l'a-t-il connue ? Je n'ai pas les dates ici, mais Barbara Marchisio est plus jeune que les grandes dames précitées. On sait seulement qu'à Paris, accompagnée de sa sœur Carlotta, elle rendit visite à Rossini malade (1860). Elle a repris le rôle du fils d'Arsace dans *Semiramis,* un des rares opéras de Rossini que Stendhal n'a pas vu et qu'il juge sévèrement : « Ce que j'ai entendu chanter au piano ne m'a fait aucun plaisir. » Elle a également participé à une reprise de *La Norma* que Stendhal non plus n'a pas vue à sa création en 1831, à la Scala, année où le consul Beyle, interdit de séjour en Lombardie pour propos intempestifs, prit ses fonctions de consul à Civitavecchia. Si, en 1860, Carlotta et Barbara ont dépassé la quarantaine, alors il est fort possible qu'il s'agisse d'elles quand, en 1838, il note dans son journal, à propos d'opéras : « The two sisters were there. » Dommage qu'on ne puisse bousculer un peu les dates..., franchement j'aurais aimé pour la beauté des choses qu'il fût tombé amoureux de Barbara Marchisio plutôt que de Métilde dont le portrait (présumé) me laisse froid.

Du haut de son trône où il met en scène les héros de son imagination, le romancier est un créateur tout-puissant, libre de lier ou de dénouer à sa guise les amitiés et les amours, une évidente supériorité sur l'historien qui est impuissant à récrire l'Histoire et ne peut que taper du pied, condamner, regretter ou se montrer d'une partialité révoltante. S'il use de libertés ou interprète dans le sens de son idée fixe des événements et des lettres, il déclenche des tempêtes dans le petit monde fermé de l'histoire. Hughes Rebell, l'étonnant romancier de *La Nichina,* retrouvé récemment après un long purgatoire, n'aimait pas du tout, non vraiment pas du tout Métilde : « Beyle n'ignorait point qu'elle avait été naguère, durant son premier séjour à Milan, l'amie de fête, peut-être l'entremetteuse d'Angela Pietragrua. Mais notre théoricien de la cristallisation en amour avait le pouvoir de s'imaginer tout ce qu'il voulait. Il se la représenta vite comme une beauté chaste et surnaturelle. Vainement le visage de l'adorée commençait à s'empâter et le corps à s'alourdir. Il *devait* l'aimer... » Rebell est le cas typique du romancier qui s'engage dans une biographie et enrage de ne pouvoir modifier la conduite de son héros. Rebell détestait a priori Métilde, mais où prit-il qu'elle avait servi d'entremetteuse, que son physique la trahissait déjà quand Stendhal en tomba amoureux, sinon dans son imagination tant il en voulait à Métilde de n'avoir pas cédé. Sainte-Beuve fut victime de la même passion, mais inverse, quand il prit la défense inconditionnelle de Mademoiselle Aïssé. Pour lui, il était hors de question que l'émouvante Circassienne eût donné sa fleur au diplomate qui l'avait tirée de l'esclavage. N'accablons pas Métilde sans preuves. Après tout, une femme a bien le droit de refuser un amant sans être barrée ou en mains. D'un point de vue purement littéraire, il est heureux que Métilde n'ait pas été la maîtresse de Stendhal. On n'aurait peut-être trouvé d'elle qu'une de ces cyniques mentions dont il avait le secret dans son journal intime : « Hier *evening*, f... Méti(lde). Rentré *allegro on foot dopo pranzo.* » Adieu *De l'amour, Armance, Le Rouge et le Noir, La Chartreuse, Lamiel* ! Au fond, les vraies raisons de Métilde importent peu. Seules importent les conséquences. Si l'on tient à vite sécher la larme que nous tire cette aventure manquée, il suffit de plonger dans le monde où Beyle a vécu pendant les années métildiennes. Il n'a jamais été que médiocrement heureux quand il se frottait aux gens du monde, et au contraire au comble du bonheur avec les artistes qui l'ont accueilli, aimé, fêté. L'Italie était le pays rêvé pour un homme comme lui. Personne ne lui demandait ses quartiers de noblesse. Il suffisait d'être Français, d'avoir de l'esprit. Les finances étaient basses mais « la pauvreté n'est pas ridicule en Italie », alors qu'elle était sinon ridicule du moins pénible en France. D'après Casimir Stryenski, de 1817 à 1831 Beyle ne disposa pas de beaucoup plus que 5,80 F par jour pour manger, s'habiller, se loger décemment et aller dans le monde ou le demimonde. Même si le chiffre paraît serré, ne tenant pas compte des articles pour les journaux français et anglais, des menus services qu'il rendit à deux commerçants, les frères Robert, il n'en vécut pas moins agréablement, avec son abonnement à la Scala, une fringale de livres, des soupers, des voyages continuels et une garde-robe bien fournie. A Milan, la vie intellectuelle et artistique tournait autour du théâtre qui n'était pas seulement le rendez-vous des « rich and beautiful » mais aussi des poètes, des musiciens, des journalistes, des comédiens et des chanteurs, milieu dans lequel Stendhal pouvait s'épanouir. Ce sont les « happy few » auxquels son œuvre est destinée.

Je n'ai pas ici sous la main la date de naissance de Barbara Marchisio, mais le romancier a le droit de prendre les libertés qu'il lui plaît, de bousculer la chronologie s'il le fait pour satisfaire son dessein. La perfection serait de faire naître les sœurs Marchisio au début du siècle, de les jeter en travers du chemin du « pauvre Beyle » au moment où son chagrin l'étouffe. Quelle séduction irrésistible que le contralto de Barbara et le soprano de Carlotta ! Quel fou d'opéra y résisterait ? Et voilà Métilde, ce bas-bleu aux cuisses serrées, reléguée au rang des mauvais souvenirs, renvoyée à ses conspirateurs, abandonnée à son méprisant quant-à-soi. Autant elle pouvait, par hygiène, fermer sa porte à Stendhal parce qu'il fréquentait les putes, autant l'aurait blessée dans son orgueil qu'il se consolât avec l'altière et intelligente beauté de Barbara qui, hélas, comme Grouchy à Waterloo, est apparue trop tard, si c'est bien d'elle qu'il s'agit en 1838 : « The two sisters were there. » L'Histoire est un puits sans fond de regrets.

Quand laissant la bibliothèque où, au bout de trois jours, l'abondance des documents finit par m'accabler, je descendis dans la rue et m'affalai à une terrasse de café de la galerie Mengoni, je vis passer un nombre raisonnable de visages qui évoquaient celui de Barbara Marchisio. La verrière filtrait une ocre lumière de fin de printemps qui accentuait la matité des peaux, la brillance des regards de diamant noir. Récitons Ungaretti :

un œil d'étoiles
nous épie de cet étang
et filtre sa bénédiction gelée
sur cet aquarium d'ennui somnambule.

Il était bon de se retrouver au cœur de la vie milanaise, spectateur de ce lent écoulement de *disoccupati* qui traînaient des pieds sur le sol de mosaïque. Stendhal décrétait avec raison que, quand elles sont belles, les Lombardes sont les plus belles des Italiennes. Minces, élancées, habillées de couleurs vives, elles n'ont aucune des mollesses des femmes du Sud. Les invasions ont le mérite de réveiller les sangs lourds. Certes, de ville de plaisir, Milan est devenue ville industrielle, mais il n'y a qu'à regarder la rue, déchiffrer les visages, noter les allures pour déceler le potentiel des passions celées que trahissent les voix un peu rauques, moins acides ou claironnantes que celles des Romaines ou des Napolitaines. Stendhal n'avait pas connu la Galerie qui date de 1877, mais il eût aimé ce carrefour où le Tout-Milan ne cesse de défiler comme sur la scène d'un théâtre palladien, entrant et sortant par les trois issues de la grande verrière baroque sans que l'on puisse jamais prévoir qui va disparaître ou resurgir, tant les acteurs se ressemblent, bien qu'à chaque retour en scène ils aient eu le temps de se changer, probablement en hâte, derrière la statue du Vinci qui tourne le dos à la Galerie pour surveiller la Scala. Se joue, en un mouvement continu qui fait penser aux petits personnages tournicotants des horloges bavaroises, une pièce aux centaines de comédiens, chacun conscient du rôle dont il porte les stigmates sur son visage, plus souvent grave que comique. Il y a là des condottieri, des espions, des séducteurs triomphants, des bourgeois bedonnants, et aussi de douces héroïnes, des mères résignées, des femmes fatales, des Érinyes au sombre regard de feu sous les paupières bistrées et, laissant derrière elle un sillage de convoitises, une croupe ondulante serrée à éclater dans le fourreau d'une noire jupe qui ne laisse rien ignorer de ses rondeurs et de ses cavités. Il n'y a pas de figurants : tout le monde joue aux personnages des *Chroniques italiennes* et j'entends une voix qui me dit : celle-là c'est Clelia Conti suivie d'Hélène de Campireali, abbesse de Castro ; la femme royale devant qui les promeneurs en baguenaude s'écartent avec respect, c'est la Sanseverina. Ils sont tous présents, les personnages de Stendhal, n'attendant qu'un signal pour commencer la pièce. Sous la verrière traversée d'effluves de chocolat chaud, de café grillé, de caramel, les répliques s'amplifient jusqu'à en être inaudibles, bourdonnement que scandent les piétinements de la foule, la litanie des vendeurs de billets de loterie, de sucrerie, de journaux. Impavides et superbes, deux carabiniers géants, beaux comme des dieux, en uniforme noir et pantalon à bande garance, la buffleterie d'un blanc immaculé, déambulent avec majesté, symboles d'une solennelle et pompeuse autorité dont la foule s'écarte avec un respect mêlé d'envie.

Il (Stendhal) était là, assis à mon côté, ce délicieux compagnon d'Italie, goûtant l'heure et les gens, tel qu'il s'est lui-même décrit dans *San Francesco a Ripa*, sous les traits du Chevalier de Senecé dont la princesse Campobasso s'était amourachée : « La gaieté, l'envie de s'amuser de tout et, toujours l'étourderie, le courage, la bonté formaient les traits les plus saillants de ce singulier caractère, et l'on pouvait dire à la louange de la nation qu'il en était un échantillon parfaitement réussi. »

Je ne pense guère m'être assis de la même façon à la terrasse d'un café avec M. de Chateaubriand bien que j'aie pas mal voyagé en sa compagnie. Sa morgue, ses airs de hauteur, son didactisme, les dieux et les héros grecs ou romains dont il farcit sa prose au point de souvent l'enfler jusqu'au ridicule, m'ont plutôt découragé de le compter parmi mes compagnons de route. Le voyage est d'abord oubli de soi et jamais Chateaubriand ne s'oublie. Il est toujours à la une de son propre journal. Restent de lui, dans ce fatras où se côtoient le meilleur et le pire, des images dont on ne se défait pas et parfois même des vues prophétiques sur la démocratie américaine ou le sort de la Grèce. Un bon nombre d'années, je n'ai cessé d'être à la fois irrité, amusé ou ébloui. Comment n'être pas tenté de rabattre parfois ses prétentions gentilhommesques pour le rappeler à la modestie de sa condition d'écrivain ?

J'ai suivi son itinéraire en Grèce, de Methoni au cap Sounion. Ce devait être en 1960. Le tourisme n'avait pas encore décervelé le pays. Au sud du Péloponnèse, on pouvait se dire que l'état des lieux n'avait pas changé depuis le début du XIXe siècle. Parti de Trieste, Chateaubriand avait essuyé une tempête en Adriatique. C'est fou le nombre de fois où il a essuyé des tempêtes, où il est resté seul sur le pont avec l'homme de barre, battu par les vents et les déferlantes, mais passons sur ces petites crises d'héroïsme et ces accès de gloriole, l'imagerie populaire a retenu la vision d'un fier visage de proue dans le vent de sa Bretagne. Gardons-la. A l'époque où je poussai jusqu'à Methoni, la ville n'avait pas plus changé que le paysage. Y semblaient régner « le silence, l'abandon et l'oubli » sous un de ces ciels gris et maussades qu'on n'attend guère du climat grec. Il me semble que j'aperçus notre vicomte dans sa chaloupe, hélé par les janissaires turcs, détourné de son projet de « sauter sur un rivage désert pour saluer la patrie des arts et du génie ». On le voit, nous ne sommes pas partis pour les demi-mesures et la simplicité. Pressé de couler la Grèce d'alors (1806), ravagée et tyrannisée, dans le moule de la Grèce antique, il avance à la rencontre de Démosthène, Polybe, Pausanias, Xénophon ou Strabon, et s'étonne de ne pas les rencontrer au détour d'un sentier. Les bergers qu'il interroge naïvement n'en ont jamais entendu parler. Il y a là un curieux phénomène d'oubli des siècles. Grisé de souvenirs scolaires, Chateaubriand semble ignorer que deux millénaires le séparent des dieux, des héros et des philosophes grecs. Tout à ses souvenirs historiques et mythologiques, il tente une rencontre avec Sparte, mais Sparte, après vingt siècles, est une ville imaginaire. Qu'à cela ne tienne, il baptise Sparte l'admirable sanctuaire byzantin de Mistra, interroge les paysans qu'il rencontre et en infère que l'endroit ne s'appelle pas Mistra mais Misitra. Là, nous tombons dans le plus haut comique. Misitra est le nom d'un fromage de chèvre au goût assez amer. On croit entendre cette conversation de sourds.

— Où est Sparte ?

— ????

— Sparta.

et le paysan, bien dans la tradition généreuse des habitants de la Morée, offre de son fromage maigre et puant, en insistant :

— Misitra, misitra...

Chateaubriand continue sa route, déçu mais espérant toujours voir surgir des ruines Alcibiade ou Aristote un livre à la main, auxquels il pourra assener un long discours sur le déclin des civilisations.

Il n'a pas fini de nous faire rire : arrivant à Mycènes il pense être le premier à découvrir une tombe des Atrides : « Singulière destinée qui me fait sortir tout exprès de Paris pour découvrir les cendres de Clytemnestre. » Les cendres ? Il va un peu fort. Tout juste s'agit-il de poussière au fond de caveaux qui ont déjà été fouillés par Lord Elgin, Pouqueville et le consul Fauvel. Et pourquoi Clytemnestre, plutôt qu'Agamemnon,

Oreste ou Electre, en espérant que les os d'Egisthe ont été jetés aux chiens ? Non, Chateaubriand, malgré son désir d'être le premier en tout, a des prédécesseurs autrement plus qualifiés que lui. Est-ce même certain qu'il a visité la forteresse ? Si oui, comment peut-il situer la source de Persée près de la porte des Lionnes alors qu'elle est à l'autre extrémité de la forteresse ? A Corinthe, il passe carrément à côté des ruines gréco-romaines : « Quant aux monuments de Corinthe, ils n'existent plus. » Voilà qui est vite dit.

Passé l'isthme, il perd de son emphase. La beauté lumineuse de l'Attique, la majesté du golfe Saronique, et surtout les paysans moins sauvages que ceux du Péloponnèse (mais ce sont des Albanais) lui font oublier la désolation de la première partie de son voyage. Du coup, il jette un regard intéressé à des lavandières albanaises agenouillées près d'un lavoir, soigne une jeune fille mourante — comme c'est grisant de jouer au grand sorcier blanc ! —, s'attarde à table chez son hôte qui a dix-sept enfants et en attend un dix-huitième de sa fertile épouse. Il veut même boire du vin résiné avec les invités d'une noce, mais on l'en dissuade : tout le monde est saoul à rouler sous la table et il risque un mauvais coup. A moins qu'on l'ait trouvé un peu trop distingué pour se joindre à la fête.

A Eleusis, il passe une mélancolique nuit sous

les étoiles à rêver de Thémistocle et du monothéisme pendant que Joseph, le domestique milanais qui remplace Julien, lui fait cuire un agneau à la broche. Nous voilà enfin les pieds sur terre ! Mais est-ce bien vrai ? Est-il exact qu'il ait aperçu l'Acropole et les ruines du Parthénon en arrivant par la Voie Sacrée ? D'aucuns suggèrent qu'il prit une barque à Mégare et gagna Le Pirée. Au fond, peu importent ces vétilles. Julien n'était pas là pour le contredire. Croyons-le quand il dit : « Je puis assurer que l'initié le plus dévot à Cérès n'a jamais éprouvé un transport aussi vif que le mien... Je m'avançais vers Athènes avec une espèce de plaisir qui m'ôtait le pouvoir de la réflexion. » Que vient faire Cérès à cet instant ? C'est Athéna qu'il faut invoquer. Accordons-lui quand même que la vision est inoubliable encore aujourd'hui où l'on arrive par cette banlieue sordide et poussiéreuse. A l'apparition du Parthénon, le cœur s'arrête. L'Occident a commencé sur cette colline. Le soleil écrase la ville lépreuse, exhausse le monument des monuments. On oublie l'épouvantable crasse du faubourg, ses odeurs asphyxiantes, la poussière ocre qui fait trembler les lointains, pour reprendre, malgré tout, la méditation de Chateaubriand où il l'a laissée. Depuis deux millénaires, la Grèce est un pays légendaire que ses voisins envahissent et réduisent en esclavage, que les grandes puissances se renvoient comme une balle, que ses hommes politiques nourrissent d'illusions. Chateaubriand voyait juste à la fin de son voyage : « Je crains bien que les Grecs ne soient pas disposés à rompre leurs chaînes. Quand ils seront débarrassés de la tyrannie qui les opprime, ils ne perdront pas dans un instant la marque de leurs fers. Non seulement ils ont été broyés sous le poids du despotisme, mais il y a deux mille ans qu'ils existent comme un peuple vieilli et dégradé. Ils n'ont point été renouvelés, ainsi que le reste de l'Europe, par des nations barbares : la nation même qui les a conquis a contribué à leur corruption. » La vision est foudroyante si on la continue jusqu'en 1985. Elle lui est venue au moment de quitter la Grèce, au Sounion, sa dernière étape. Il s'est gorgé d'antiquités chez le consul Fauvel, et aussi de bonnes nourritures : « Ragoûts de poulet, et de mouton, moitié à la française, moitié à la turque. Le vin, rouge et fort comme nos vins du Rhône, était d'une bonne qualité, mais il me parut si amer qu'il me fut impossible de le boire. » L'homme est fragile. En route, il attrape une mauvaise fièvre qui le cloue sur sa couche dans un hangar à Keretea. C'est là que passe une agréable tentation, « une fille de dix-sept à dix-huit ans, assez jolie, marchant les pieds nus et les cheveux chargés de médailles et de petites pièces d'argent ». M. de Chateaubriand est vexé : « Elle ne faisait aucune attention à moi ; elle travaillait comme si je n'eusse pas été là. » La fièvre le fait somnoler et quand il se réveille : « Je voyais toujours l'Albanaise occupée à quelque chose de nouveau, chantant à mi-voix, arrangeant ses cheveux ou quelque partie de sa toilette. » L'insolente ! Elle est passée à côté de sa chance ! Nous sommes, nous, passés bien près d'une nouvelle *Atala* orientale, rappel des deux exquises Indiennes qui ont embelli une nuit d'Amérique quand, dormant à la belle étoile (une fois de plus, décidément c'est une manie), il nous fait croire que la présence des deux jeunes filles ne l'avait pas réveillé : « Quand je sortis de ce Léthé *(encore !)*, je me trouvai entre deux femmes ; les odalisques *(sic)* étaient revenues ; elles n'avaient pas voulu me réveiller ; elles étaient assises en silence à mes côtés ! soit qu'elles feignissent le sommeil, soit qu'elles fussent réellement assoupies, leurs têtes étaient tombées sur mes épaules. » Hum ! Difficile de croire que rien ne s'était passé pendant la nuit du Kentucky sous « une pluie de roses de magnolias ». Espérons pour la beauté de la chose que les jolies sauvageonnes l'avaient gratifié de quelque bonne manière. Souvent, le Vicomte nous rappelle qu'il n'y a pas de mal à s'ébattre avec une femme de couleur. L'exemple de Camoens est là pour le rassurer sur ce que ces plaisirs ont de licite. Rédigés en 1822, à Londres, *Les Mémoires* respectent la pudeur de Mme de Chateaubriand. On sait qu'il en fut moins respectueux dans la vie, mais les actes volent et les écrits restent.

Un proverbe arabe dit que « le voyageur solitaire est un diable ». Montherlant a repris ces mots pour titre d'un de ses essais sur les voyages qu'il affectait de ne pas aimer, rangeant l'exotisme au magasin des accessoires pour midinettes. Pourtant que serait son œuvre sans l'Afrique du Nord, sans Rome, sans l'Espagne ? C'est entre les lignes qu'il faut découvrir un des objets de sa quête : l'aventure est amoureuse. Plus que souvent, cette aventure reste inachevée, mais elle laisse dans la mémoire le goût d'un rêve interrompu que l'imagination prolonge, embellit, mène à son terme ou transcende. Des écrivains bâtissent une œuvre solide sur la seule contemplation de leur nombril. D'autres étoufferaient s'ils ne se donnaient de l'air et ne portaient leur regard plus loin, vers le neuf, l'imprévu qui renouvellent la vision des êtres, des choses et du monde. Le voyage littéraire a de belles lettres de noblesse qui ne figurent guère dans les histoires de la littérature. Pourtant c'est au cœur de l'aventure que se cache une des sources les plus inépuisables de l'écriture.

Au mot « prurit », le Littré donne une courte définition : « Démangeaison vive. » J'aurais plutôt dit : « Vive démangeaison. » Le Robert est moins succinct et ajoute un sens figuré : « Désir irrépressible. » L'exemple fourni par Tchekhov est autant celui d'un médecin que d'un écrivain : « Aussitôt l'enfant né, on le lavera avec soin, puis après lui avoir donné le temps de se remettre de ses premières impressions, on le fustigera vigoureusement en lui répétant : " N'écris pas ! N'écris pas ! Ne sois pas écrivain ! " Si, en dépit d'une pareille correction, ledit enfant manifeste une inclination pour la littérature, on essaiera alors la douceur. Et si la douceur ne donne pas non plus de résultat, abandonnez donc l'enfant à sa destinée et inscrivez " fichu ". Le prurit littéraire est incurable. »

On commence par des bâtons, par l'alphabet qui est en français une si harmonieuse litanie, des associations de lettres, b, a, ba... b, e, be..., avant d'aborder des mots concrets, signes cabalistiques du monde extérieur dans lequel on ne cesse de se cogner, de se couper, de se brûler. Désigné par des mots, ce monde perd son agressivité pour devenir à son tour l'agressé. Ainsi désarme-t-on un chien hostile en l'appelant par son nom. Domestiqués par ces formules magiques, les objets sont réduits en esclavage et la vie intérieure s'organise dans l'espace qu'ils délimitent avec plus ou moins de profondeur. Investir cet espace, le peupler des créatures de son imagination est le premier jeu de l'enfance. « Tous les enfants ont du génie... », disait Cocteau, n'exceptant qu'une poétesse de dix ans que son éditeur tentait de faire passer pour un prodige. La poésie est bien plus naturelle à l'enfant que la prose. Elle est musique, assonances ou dissonances, avec des rendez-vous mnémotechniques et des ellipses, elle pousse aux fantasmes les imaginations puériles qui cherchent à s'évader du moi. La poésie est le langage le plus naturel que l'on puisse parler à un enfant. Le grain semé dans l'esprit vierge germera ou ne germera pas, peu importe, mais il y a eu un moment de grâce, une rencontre enchantée dont le souvenir, pour certains en tout cas, ne s'éteindra jamais.

Autre moment de grâce, le dessin, les couleurs : le monde qui se laisse cerner, apprivoiser, cesse d'être hostile. L'enfant le déforme, le caricature, se moque de lui, le barbouille comme un clown, lui refuse le relief, méprise vraisemblances de temps et de lieu, déploie les troubles charmes d'un univers unique. A l'abri des dures leçons des adultes, il exerce sa liberté dans un domaine dont il est le créateur tout-puissant. Le fantastique est une vacance, une récréation solitaire. J'aime bien le titre que Claude Roy a donné à ses poèmes pour la jeunesse (entre 4 et 104 ans, précise-t-il) :

ENFANTASQUES

L'enfant qui a la tête en l'air
ne le quittez jamais des yeux,
car dès qu'il n'a plus rien à faire
il caracole dans les cieux.

La liberté se perd au moment du passage à la prose et aux cours de dessin. Alors, le merveilleux s'éloigne. L'enfant abandonne son domaine. Il arrive que, de ce pouvoir fou d'inventer, il garde l'obsédante nostalgie et se mette à écrire. Tchekhov a raison : le prurit est inguérissable. L'imaginaire est là pour combler les quelques vides intolérables de l'existence et, dans l'imaginaire, se dissimule le secret que Faust a si stupidement cherché ailleurs. Peu doué pour la parole, j'ai aimé raconter des histoires. Sur leur source, sur le déclenchement du mécanisme, il y a peu à dire, il n'y a même probablement rien à dire. Le départ est un paysage, une voix, une silhouette, une couleur de cheveux ou d'yeux, quelques mots perçus au vol, et même souvent une page d'un auteur aimé, un tableau que pour des raisons inexplicables on préfère, même s'il est loin de valoir les chefs-d'œuvre du musée. Ce fut mon cas pour le portrait de Barbara Marchisio, modeste pastel dans lequel cependant passe quelque chose : fierté, beauté, intelligence du regard. Rendez-vous manqué avec Stendhal, rendez-vous manqué avec moi un siècle plus tard. D'autres fois, une image s'impose qui n'a rien de remarquable, mais nous atteint dans notre chair ou notre imagination.

Chaque livre est une histoire d'amour commencée dans l'exaltation, poursuivie dans la peine et l'hésitation, terminée dans la sagesse. Suit un moment de solitude intense. Ce qui occupait nos journées, nous harcelait avant le sommeil, revenait avec le réveil, cette occupation dévorante, les feuilles blanches, les pages déchirées, les corrections infinies, les dictionnaires, l'atlas, les notes sur des bouts de papier, les béquets, tout cela est fini. Tristesse comme après l'amour. Le livre part. Déjà sous sa forme dactylographiée, on ne le voit plus du même œil. Imprimé, c'est presque un étranger dont les manques, les maladresses sautent aux yeux. On n'en revient pas : hier c'était encore un enfant qu'on éduquait, polissait, peignait et maintenant c'est un objet presque indifférent dont nous devons nous contenter de suivre la vie détachée, qui rencontrera des étrangers que, la plupart du temps, nous ignorons. Paul Valéry disait : « Un discours qui a demandé trois ans de tâtonnements, de dépouillements, de rectifications, de refus, de tirages au sort, est apprécié, lu en trente minutes par quelque autre. Celui-ci reconstitue comme cause de ce discours, un auteur capable de l'émettre spontanément et de suite, c'est-à-dire un auteur infiniment peu probable. On appelait Muse cet auteur qui est dans l'auteur. »

Je lève la tête comme je ne l'ai fait que trop souvent quand je suis supposé travailler, et regarde par la fenêtre. Jonquilles et narcisses couvrent le jardin. Encore quelques jours et nous aurons des parterres de tulipes, quelques semaines des roses, puis des dahlias. Au centre de la carrière, les jeunes chevaux tournent à la longe. Dans un pré, un poulain et une pouliche d'un mois jouent un moment, se font peur et reviennent à leurs mères. Près du radiateur, les deux chiennes dorment avec de petits frémissements qui trahissent leurs rêves. De temps à autre, l'une d'elles se lève, vient quêter une caresse et repart se coucher.

Je vais ranger ma table au savant désordre, replacer les livres sur les étagères, caresser du regard ou de la main mes belles éditions, répondre au courrier en retard, lire quelques-uns des romans qui s'amoncellent, tourner comme une toupie déséquilibrée dans la maison ou le jardin, me promener dans la réserve de Portumna au bord du Lough Derg où il y a tant d'oiseaux et de chevreuils. Sur une table basse se sont accumulés depuis quelques mois des articles de revues, des brochures sur l'Orcinus Orca du Pacifique (orque, baleine blanche, diable des mers, grand dauphin), d'autres brochures sur les ours bruns et grizzlis, les élans canadiens, les chèvres et les moutons sauvages, les chevreuils, les castors, la flore de Colombie britannique, un recueil de légendes des Indiens Haislis avec lesquels nous allons passer un mois à pêcher, chasser, marcher, descendre par les fjords de Kitimat à la côte du Pacifique. Le moment est venu de faire ses bagages pour Vancouver.

Tynagh, avril 1985.

DU MÊME AUTEUR

Aux Éditions Gallimard

LE BALCON DE SPETSAI, *récit.*

UN PARFUM DE JASMIN, *nouvelles.*

LES PONEYS SAUVAGES, *roman.*

UN TAXI MAUVE, *roman.*

LE JEUNE HOMME VERT, *roman.*

THOMAS ET L'INFINI (illustré par Étienne Delessert).

LES VINGT ANS DU JEUNE HOMME VERT, *roman.*

DISCOURS DE RÉCEPTION DE MICHEL DÉON À L'ACADÉMIE FRANÇAISE ET RÉPONSE DE FÉLICIEN MARCEAU.

UN DÉJEUNER DE SOLEIL, *roman.*

« JE VOUS ÉCRIS D'ITALIE... », *roman.*

Aux Éditions de la Table Ronde

JE NE VEUX JAMAIS L'OUBLIER, *roman.*

LA CORRIDA, *roman.*

LE DIEU PÂLE, *roman.*

LES TROMPEUSES ESPÉRANCES, *roman*.

LES GENS DE LA NUIT, *roman*.

LE RENDEZ-VOUS DE PATMOS, *récits*.

MÉGALONOSE, *pamphlet*.

TOUT L'AMOUR DU MONDE, *récits*.

MES ARCHES DE NOÉ, *récits*.

LA CAROTTE ET LE BÂTON, *roman*.

Aux Éditions Fasquelle

LETTRE À UN JEUNE RASTIGNAC, *libelle*.

FLEUR DE COLCHIQUE, avec des eaux-fortes de Jean-Paul Vroom.

Aux Éditions Jean-Cyrille Godefroy

LOUIS XIV PAR LUI-MÊME.

À La Librairie Nicaise

HISTOIRE DE MINNIE, illustré par Baltazar.

BALINDABOUR, illustré par Willy Mucha.

Aux Éditions Matarasso

TURBULENCES, illustré par Baltazar.

Aux Éditions La Palatine

UNE JEUNE PARQUE, illustré par Mathieux-Marie.

Impression Bussière à Saint-Amand (Cher),
le 23 octobre 1987.
Dépôt légal : octobre 1987.
Numéro d'imprimeur : 2591.
ISBN 2-07-037886-1./Imprimé en France.